Klarant Verlag

Die gebürtige Ostfriesin **Sina Jorritsma** aus der Krummhörn studierte in Hamburg Germanistik und Philosophie, bevor sie wieder in ihre Heimat zurückkehrte. Sie veröffentlicht unter Pseudonym, weil sie ihre Umgebung genau beobachtet und Ereignisse aus ihrem Leben in ihre Geschichten einfließen. Das Romaneschreiben ist ihr kleines Geheimnis, das nur wenige Menschen kennen. Bei einer großen Kanne Ostfriesentee mit Sahne und Kluntjes kann sie halbe Nächte durchschreiben, tagsüber hält sie sich mit Joggen fit. Sina Jorritsma lebt mit ihrer Familie in einem kleinen Ort bei Emden.

Sina Jorritsma

Friesentinte

Ostfrieslandkrimi

Klarant Verlag

Kapitel 1

Kommissarin Mona Sander von der Polizei Borkum freute sich auf den perfekten Abschluss ihres freien Tages. Die Sonne stand immer noch hoch am wolkenlosen Himmel, und in der letzten Augustwoche war es auf der beliebten Urlaubsinsel weiterhin sehr warm – wobei die ständige Meeresbrise die Temperatur erträglich machte. Freie Strandkörbe konnte man nicht mehr bekommen, und auch die Liegestühle am breiten Hauptstrand unterhalb der Musikkuppel waren ausgebucht. Auf den Terrassen der Milchbuden drängten sich die durstigen Badegäste. Mona schlenderte gemächlich über die Promenade. Die rotblonde Zivilpolizistin war mit ihrem üblichen Alltagsoutfit bekleidet – Jeans, weißes T-Shirt, offene rotkarierte Bluse und schwarze Sneakers. Nur ihre Pistole, das Pfefferspray und die Handschellen fehlten, da sie nicht bei der Arbeit war. Außerdem trug sie ihr schulterlanges Haar jetzt offen – für ihre Freunde und Bekannten ein untrügliches Zeichen dafür, dass sie aktuell dienstfrei hatte. Wenn Mona sich nämlich zusammen mit ihrem Kollegen Oberkommissar Enno Moll auf die Jagd nach Gesetzesbrechern machte, dann formte sie ihr Haar zu einem Dutt oder steckte es mithilfe eines Holzkamms hoch. Die Kommissarin schaute auf die Uhr; es war noch etwas Zeit bis zu ihrem Termin. Eigentlich liebte sie die Atmosphäre an einem warmen Sommertag auf der Insel-Flaniermeile – die vielen unterschiedlichen Menschen, die Musik und den Duft nach frisch zubereiteten Pommes frites. Sie wollte ihrem perfekten Tag auf der Promenade einen würdigen Abschluss geben und entschied, ihren Durst in *Ria's Beach* zu stillen. Im Außenbereich des beliebten Lokals nahe der Musikkuppel war kein Tisch mehr frei, nur ein einzelner Stuhl bei einer fröhlichen Gruppe älterer Damen. Mona litt nicht an Schüchternheit:»Moin! Stört es Sie, wenn ich mich zu Ihnen setze?«

Die Frage schien die Frauen zu verblüffen, aber die Resonanz war positiv.

»Komm ruhig zu uns, Kleine – wir beißen nicht. Und es kann ja auch öde sein, wenn man allein verreist, oder?«, sagte eine füllige

Mittfünfzigerin mit breitkrempigem Strohhut und deutete lächelnd auf den freien Stuhl direkt neben ihr. Mona nahm Platz. Da sie gutgelaunt war, nahm sie es nicht krumm, als »Kleine« bezeichnet worden zu sein. Sie war objektiv betrachtet körperlich eher kurz geraten – die vorschriftsmäßige Mindestgröße für niedersächsische Polizistinnen von eins dreiundsechzig erreichte sie nur ganz knapp. Dennoch zog sie es vor, mit ihrem Namen angesprochen zu werden. Daher sagte sie: »Danke, das ist freundlich. – Ich bin die Mona. Und ich mache auf Borkum keinen Urlaub, sondern lebe hier.«

Die Strohhutfrau hatte mit kölschem Akzent gesprochen, bei ihr schien es sich um eine echte rheinische Frohnatur zu handeln.

»Eine echte Friesin, so etwas gibt es also auch noch!«, tönte sie. Während sie weitersprach, deutete sie auf ihre Freundinnen: »Ich bin Hilde, und das sind Petra, Monika, Bärbel, Corinna, Sieglinde und Annette. – Was arbeitest du denn, Mona?«

Bevor sie die Frage beantworten konnte, erschien die Kellnerin und warf der Kommissarin einen fragenden Blick zu. Mona bestellte einen Caipirinha, was die Bedienung verblüffte: »Ein alkoholisches Getränk? Bist du denn gar nicht im Dienst?«

»Nee, auch ich muss meine Überstunden mal abbummeln. – Außerdem: Siehst du Enno irgendwo? Meine berufliche ›bessere Hälfte‹ muss heute ohne mich ermitteln.«

»Alles klar, der Caipirinha kommt sofort«, gab die Servicekraft lächelnd zurück. Die kurze Unterbrechung hatte Hilde nur noch neugieriger gemacht. Und auch die anderen Damen wandten sich Mona zu, sie wirkten interessiert.

»Ich bin Polizistin«, sagte sie. Einen Moment lang herrschte Stille am Tisch, dann brach die Damenrunde in heftiges Gekicher aus.

»Du bist ja ein echter Scherzkeks, Mona!«, brachte Hilde hervor und wischte sich die Lachtränen von den Wangen. »Beinahe wäre ich auf deinen Spruch hereingefallen!«

Die Kommissarin war viel zu gut gelaunt, um sich über die muntere Frauenriege zu ärgern. Sie nahm es auch nicht krumm, dass sie so einfach geduzt wurde. Auf einer Ferieninsel herrschte eben normalerweise eine lockere Stimmung, und die Menschen waren kontaktfreudiger als in ihrem normalen Alltag. Außerdem wurde Mona immer mal wieder wegen ihrer geringen Körperlänge und ihres harmlosen Aussehens unterschätzt, was sich im Polizeialltag sogar positiv auswirken konnte. Sie hatte schon so manchen Ganoven hinter Gitter bringen können, weil er sie nicht für voll genommen hatte.

»Oh, ich bin wirklich eine Gesetzeshüterin«, versicherte die Kommissarin freundlich lächelnd, »und darüber solltest du froh sein, Hilde. Wenn ich nämlich stattdessen eine Taschendiebin wäre, hätte ich deine Unvorsichtigkeit eiskalt ausgenutzt.«

Mit diesen Worten hielt sie Hilde ihre Geldbörse vor die Nase. Der Kölnerin blieb vor Erstaunen der Mund offen stehen. Mona fügte hinzu: »Du hast deine Handtasche nicht nur offen gelassen, sondern auch über die Stuhllehne gehängt, wo sie sich nicht in deinem Blickfeld befand. Genauso gut könntest du ein Schild mit der Aufschrift BITTE AUSRAUBEN daran befestigen.«

Hilde errötete vor Verlegenheit, sie murmelte: »Ja, ich sollte wohl wirklich besser auf meine Sachen achtgeben. Aber auf dieser friedlichen Insel denkt man nicht daran, dass etwas Schlimmes passieren könnte.«

Wenn du wüsstest, dachte die Kommissarin. Sie musste an einen besonders dramatischen Mordfall denken, bei dem sie selbst als Tatverdächtige ins Visier ihrer Kollegen geraten war und zu allem Überfluss auch noch kurzzeitig ihr Gedächtnis verloren hatte. Aber sie wollte die heiteren Damen nicht mit einer solchen Geschichte schocken, daher sagte sie: »Ja, eigentlich geht es auf Borkum eher idyllisch zu. Aber gerade Taschendiebstahl ist in jeder Hauptsaison ein Thema für uns, deshalb klären mein Kollege und ich die Urlauber immer gern über vorbeugendes Verhalten auf.«

»Kannst du uns deinen Kollegen nicht mal vorstellen?«, brachte eine der Damen kichernd und prustend hervor. Auch die anderen Frauen fanden diese Frage offenbar lustig.

»Der Oberkommissar ist zwei Meter groß, ein echter Inselfriese – und außerdem verheiratet.«

Nun wurde Monas Drink serviert. Sie prostete den Frauen zu.

»Verheiratet – etwa mit dir?«, fragte Hilde. »Sind wir ins Fettnäpfchen getreten?«

»Nee, mein Mann ist Gastronom – und ich muss dieses muntere Geplauder jetzt abbrechen. Ich habe nämlich die Zeit vergessen und bin gleich verabredet. Ich hasse es, wenn man mich warten lässt, deshalb will ich das anderen Menschen nicht antun. Es war jedenfalls nett, euch kennengelernt zu haben. Ich wünsche euch noch viel Spaß und gute Erholung auf Borkum!«

Mit diesen Worten stand sie auf, trank ihren Caipirinha aus und wollte zur Kellnerin gehen, um zu zahlen.

»Was für eine Verabredung ist das denn, Mona?«, fragte Hilde scherzhaft. »Etwa eine, von der dein Mann nichts wissen darf?«

Die Kölnerin wollte zweifellos nur witzig sein, aber mit ihren Worten traf sie bei der Kommissarin einen wunden Punkt. Sie hatte Jan ein einziges Mal betrogen, und im Zusammenhang mit der Affäre war auch noch ein Mord geschehen. Daran dachte sie ungern zurück. Sie stemmte die Fäuste gegen ihre Hüften und fauchte: »Nee, nix mit Untreue! Stattdessen werde ich gleich ein Hufeisen auf meinen Hintern kriegen!«

*

Mit dieser Ankündigung ließ sie die Damenrunde sprachlos zurück. Monas aufwallende Wut war nach wenigen Schritten schon wieder abgeklungen. Nun konnte sie über ihre eigenen Worte lachen, die durchaus ernstgemeint gewesen waren. Die Kommissarin wollte sich nämlich ein neues Tattoo stechen lassen, und zwar tatsächlich ein Hufeisen – den klassischen Glücksbringer. Und die Tätowierung sollte auf ihrer linken Pobacke vorgenommen werden! Bisher hatte Mona nur ein Tattoo, einen Löwenkopf auf dem Oberarm. Sie wusste, dass ihr Chef nicht begeistert davon war, wenn Polizistinnen sich tätowieren ließen. Nun, von dem neuen Motiv würde sie ihm nichts erzählen – geschweige denn, es ihn jemals sehen lassen. Bei diesem Gedanken grinste sie breit. Mona stieg zur Jann-Berghaus-Straße hoch und ging dann durch die belebte Bismarckstraße Richtung Inselbahnhof. Es gab auf Borkum kein festes Tattoo-Studio, aber die Frisörin Fleur Doorn vermietete seit einigen Monaten einen Raum in ihrem

Salon zweimal pro Woche an eine Tattoo-Künstlerin vom Festland. Seitdem hatten schon etliche Einheimische und Urlauber Tintenkunstwerke von Luisa Stroth auf ihrer Haut. Fleur legte gerade letzte Hand an eine Dauerwelle, als Mona den Frisörladen betrat. Die gebürtige Niederländerin war nur ein paar Jahre älter als die Kommissarin.

»Moin, Mona. Luisa wartet schon auf dich«, sagte sie lächelnd.

»Danke, Fleur. – Sie sehen wieder todschick aus, Frau Willms.« Die siebzigjährige Dauerwellenträgerin schaute in den Spiegel, bevor sie sich augenzwinkernd der Kommissarin zuwandte: »Du kannst ja richtig freundlich sein, Mona.«

Was soll das denn heißen?, dachte die Ermittlerin. Sie bemühte sich eigentlich immer darum, mit ihrer Umgebung auszukommen. Allerdings ließ sie sich nichts gefallen und konnte ruppig werden, wenn ihr etwas gegen den Strich ging. Vielleicht war Frau Willms ja irgendwann einmal Zeugin von einem ihrer berüchtigten Wutausbrüche geworden.

»Man tut, was man kann«, murmelte sie und verschwand schnell hinter der Tür zu Luisas Tattoo-Reich, nachdem sie geklopft hatte. Sofort befand sie sich in einer anderen Welt. Die Tattoo-Künstlerin hatte die Wände des fensterlosen Raums mit großflächigen Fotos ihrer Werke ausgestattet: ein Drachen auf einem Motorrad, ein Reigen von Feen, eine wunderschöne Vampirin, ein Fantasie-Schloss und vieles mehr. Auch Luisa Stroths eigener Körper war mit zahlreichen Motiven versehen. Die Tattoo-Künstlerin trug an diesem Tag helle Shorts und ein weißes bauchfreies Top, sodass man die Bilder auf ihren Armen, Beinen und dem unteren Teil des Oberkörpers betrachten konnte. Sie war gerade mit ihrem Handy beschäftigt gewesen. Als Mona eintrat, zuckte sie zusammen, wirkte ängstlich.

»Was ist passiert?«, wollte die Kommissarin wissen.

Luisa winkte ab. »Es ist nichts, Mona. Etwas Privates, aber … nicht der Rede wert.«

»Du musst mich nicht für dumm verkaufen. Ich dachte, wir seien befreundet. Und du sahst gerade so panisch aus, als ob ein Meteor auf Borkum zurasen würde.«

Die Tätowiererin winkte ab: »Wir sind auch in den letzten paar Wochen gute Freundinnen geworden, Mona. Aber nur, weil du Polizistin bist, musst du nicht die Flöhe husten hören. Wenn ich sage, dass es kein echtes Problem gibt, dann kannst du mir auch glauben. Und falls du mich weiter nervst, dann steche ich dir kein Hufeisen, sondern ein paar Handschellen.«

»Untersteh dich!«, gab die Kommissarin lachend zurück. Normalerweise konnte sie sich auf ihr Gespür verlassen – und Luisa hatte gerade eben furchtbare Angst gehabt, das stand für Mona fest. Andererseits musste nicht hinter jedem Schrecken gleich ein Verbrechen stecken. Auch vor Krankheiten oder einem Schicksalsschlag konnte man sich durchaus fürchten. Luisa war jetzt jedenfalls ganz auf die anstehende Aufgabe konzentriert. Sie klopfte mit der flachen Hand auf ihre Behandlungsliege: »Du kannst dich schon mal unten herum frei machen und auf den Bauch legen. Mona zog ihre Schuhe aus, streifte Jeans und Slip ab. Jetzt gab es kein Zurück mehr. Sie ließ sich auf das Ruhemöbel gleiten.

»Brrrr, ist das kalt!«

»Dir wird gleich warm werden«, behauptete Luisa. Man konnte durch die geschlossene Tür hören, wie Frau Willms sich verabschiedete. Die Ladenglocke klingelte. Gleich darauf geschah dies noch ein zweites Mal.

»Luisa, kommst du mal bitte?!«

Fleurs Stimme klang seltsam hohl, aber vielleicht lag das nur an der Akustik. Die Tattoo-Künstlerin seufzte.

»Man kommt hier heute zu nichts! – Ich bin gleich wieder da, Mona.«

»Allmählich finde ich es in der Horizontalen bequem«, scherzte die Kommissarin. Sie schloss die Augen und entspannte sich, was ihr an einem freien Tag nicht weiter schwerfiel. Doch plötzlich fiel nebenan etwas um, ein dumpfes Geräusch erklang. Es war nicht so, als ob ein kantiger Gegenstand mit harten Oberflächen umgekippt wäre. Es hörte sich eher an, als ob ein Körper zu Boden ginge.

»Luisa, ist alles in Ordnung?!«

Monas Frage blieb unbeantwortet, stattdessen ertönte die Laden-glocke ein drittes Mal. Die Kommissarin unterdrückte einen Fluch, während sie von der Liege glitt. Sie war nicht scharf da-rauf, halb nackt in den Frisörsalon zu stürmen. Wenigstens hatte sie noch ihr T-Shirt an, das wie ein sehr kurzes Minikleid wirkte. Im Frisörsalon bot sich ihr ein Bild des Schreckens. Luisa lag neben einem Frisierstuhl in ihrem Blut. Und Fleur Doorn war spurlos verschwunden!

Kapitel 2

Mona kniete sich neben die Tätowiererin. Sie war bei Bewusstsein, obwohl das Blut aus ihrer Brust strömte. Jemand musste ihr eine Stichwunde verpasst haben, ein Schuss wäre zu hören gewesen – oder? Die Kommissarin hielt bereits ihr eigenes Smartphone in der Hand, gab ihren Standort durch und forderte einen Notarzt sowie Rettungswagen an. Außerdem presste sie ein sauberes Handtuch auf die Wunde.

»Luisa, wer hat dir das angetan? Hilfe ist unterwegs!«

»D...«, begann das Opfer, versuchte aber vergeblich, ein Wort zu formen. Die Tattoo-Künstlerin verlor das Bewusstsein. Mona konnte sie nicht allein lassen, obwohl sie gern die Verfolgung aufgenommen hätte.

Es schien eine halbe Ewigkeit zu dauern, bis die Einsatzkräfte kamen – obwohl es von dem kleinen Borkumer Stadtkrankenhaus bis zu dem Frisörsalon mit dem Auto nur wenige Minuten waren. Dr. Siemers und zwei Rettungssanitäter eilten herein. Mona trat zur Seite, damit sie sich um Luisa kümmern konnten. Für Erklärungen war später immer noch Zeit. Die Kommissarin kehrte in den Behandlungsraum zurück und zog sich schnell wieder komplett an. Erst jetzt wurde ihr bewusst, wie blutig ihre Hände waren. Sie wollte sich in der Toilette säubern. Doch als sie die Tür aufschloss, fiel ihr Fleur Doorn um den Hals. Die Frisörin war totenbleich und zitterte am ganzen Körper: »Du bist es, Mona! Ich dachte schon, der Maskenmann wäre zurück! – Was ist denn mit Luisa geschehen?«

Hinter dem Rücken der Kommissarin war zu sehen, wie der Notarzt und die Sanitäter um das Leben des Opfers kämpften. Mona fasste Fleur an den Oberarmen: »Luisa wurde verletzt. – Es ist ganz wichtig, dass du mir sagst, was geschehen ist.«

»Nachdem Frau Willms gegangen war, kam dieser Mann herein. Er trug eine Skimaske und legte den linken Zeigefinger an seine Lippen. Mit der rechten Hand richtete er seine Pistole auf mich. – Ich bekam vor Schrecken sowieso keinen Laut heraus.«

»Aber du hast Luisa bei ihrem Namen gerufen!«

»Ja, weil er mich dazu gezwungen hat!«, beteuerte die Frisörin. »Er zeigte mir einen Zettel, darauf stand: RUF LUISA! – Vielleicht hätte ich das nicht tun sollen, aber ich war geschockt und konnte nicht klar denken. Dann nahm er den innen steckenden Schlüssel der Toilette, stieß mich hinein und schloss von außen ab.«

Warum hatte der Unbekannte nicht gesprochen? Vielleicht, weil er annehmen musste, dass Luisa seine Stimme erkennen würde? Das war zumindest ein einleuchtender Grund. Und warum war er das Risiko eingegangen, bei Tageslicht mitten im Borkumer Zentrum zuzuschlagen? Woher wusste er, hinter welcher Tür sich der fensterlose Toilettenraum befand? Darüber konnte sich die Kriminalistin später den Kopf zerbrechen.

»Ist dir etwas an dem Maskenmann aufgefallen, Fleur? Würdest du ihn wiedererkennen?«

Ich weiß nicht … er ist vielleicht eins achtzig groß, schlanke Figur. Er hatte einen blauen Overall an.«

Das ist clever von ihm, dachte die Ermittlerin. *Er rennt raus, versteckt sich in einem Hof oder Hauseingang, wo er die Maske ablegt und den Overall auszieht. Darunter sieht er vermutlich aus wie ein normaler Tourist.*

Der Notarzt kam zu den beiden Frauen herüber. Er schüttelte den Kopf: »Es tut mir leid … ich konnte nichts mehr tun. Die Frau ist ihrer Schusswunde erlegen.«

Die Frisörin schlug die Hände vor ihren Mund.

»Schusswunde? Ich dachte, Luisa sei erstochen worden«, stieß Mona hervor.

»Das nahm ich im ersten Moment auch an, Frau Sander. Da war so viel Blut, aber die versengten Ränder ihres Tops deuten auf einen aufgesetzten Schuss hin.«

Die Kommissarin wandte sich an Fleur: »Hatte die Waffe einen Schalldämpfer? – So ein Ding, das man vorn an den Lauf schraubt?«

Mona unterstrich ihre Worte mit Gesten. Die Friseurin nickte eifrig: »Ja, genau so!«

Ob die Kriminalistin das Geräusch durch die geschlossene Tür hindurch überhört hatte? Und warum hatte Luisa nicht um Hilfe gerufen? Das waren Fragen, die sich aktuell nicht klären ließen. Mona brauchte Unterstützung – und zwar von dem besten Kriminalbeamten, den sie kannte. Sie strich über Fleurs Rücken, nickte Dr. Siemers zu und rief Enno an.

»Moin Mona, was für eine Überraschung! Du sagtest doch, dass du heute nichts von der Arbeit wissen wolltest.«

»Ja, aber der Job verfolgt mich. – Es gibt eine Tote im Salon Doorn. Am besten kommst du sofort vorbei. Und die uniformierten Kollegen sollen den Tatort absperren.«

»Alles klar, wir sind in ein paar Minuten bei dir.«

Mit diesen Worten beendete Enno das Telefonat. Währenddessen hatte der Notarzt damit begonnen, sich um die Frisörin zu kümmern. Sie hatte keine äußeren Verletzungen davongetragen, stand aber unter Schock. Mona kannte nicht nur Fleur, sondern auch ihren Ehemann, der bei einem Fahrradverleih unweit des Fährhafens arbeitete. Sie rief ihn an: »Tammo? Hier ist Mona von der Polizei. Bekomme bitte keinen Schrecken, aber in Fleurs Salon hat es ein Verbrechen gegeben. Deine Frau ist unversehrt, aber sie sollte jetzt nicht hier sein, weil wir den Tatort untersuchen müssen. Könntest du sie bitte abholen?«

»Ja, ich mache mich sofort auf den Weg«, versicherte Tammo Jepsen-Doorn. Er besaß zum Glück die Unerschütterlichkeit der Inselfriesen, die Mona auch bei ihrem Ehemann Jan Lummer so sehr schätzte. Das war stets ein angenehmer Gegenpol zu ihrem eigenen unruhigen Charakter. Dr. Siemers gab der Kommissarin den vorläufigen Totenschein.

Diesmal muss ich nicht nach dem Todeszeitpunkt fragen, dachte sie verdrossen. *Luisa starb, während ich nebenan gemütlich auf der Behandlungsliege lümmelte.*

Objektiv betrachtet war der Mord wahrscheinlich weder vorauszusehen noch zu verhindern gewesen, aber ein bitterer Nachgeschmack blieb trotzdem zurück. Der Notarzt und die Sanitäter rückten ab.

»Tammo holt dich gleich ab«, sagte Mona zu Fleur. »Ich melde mich bei dir, wenn dein Salon wieder freigegeben werden kann. Ich muss dir auch noch ein paar Fragen stellen, aber jetzt solltest du dich erst einmal beruhigen.«

Die Frisörin nickte:»Danke, Mona. Als der Maskenmann mich in die Toilette drängte, dachte ich, mein letztes Stündlein hätte geschlagen.«

Der Täter hatte Fleur in den richtigen Raum gesperrt, ohne ein Wort zu verlieren. Hatte er gewusst, dass es dort keine Fenster gab, oder einfach nur geraten? Wahrscheinlicher war, dass er den Salon vorher ausgespäht hatte. Darauf hoffte die Kommissarin zumindest, denn dann war er vielleicht gesehen worden. Wenige Minuten später erschien Enno in Begleitung von Polizeimeisterin Grietje Smit und Polizeimeister Hinderk Ekhoff. Die sommersprossige junge Kollegin verzichtete angesichts der blutigen Leiche auf einen launigen Kommentar, sondern spannte Trassierband vor dem Salon. Hinderk versuchte, die Passanten auf Distanz zu halten. Das Frisörgeschäft befand sich nur fünf Minuten Fußweg vom Inselbahnhof entfernt, war also denkbar zentral gelegen. Mona wusste, dass Fleur auch einige Stammkunden in ihrem Heimatland hatte; man konnte Borkum mit der Fähre nicht nur von Emden, sondern auch vom niederländischen Eemshaven aus erreichen. Außerdem war ein Haarschnitt oder eine Dauerwelle in Deutschland etwas günstiger als in den Niederlanden, was von vielen Tagesausflüglern genutzt wurde. Hinderk wollte auch Tammo am Betreten des Ladens hindern, aber Mona sagte:»Das ist der Ehemann der Frisörin, er holt sie ab.«

Inzwischen war der Leichnam mit einer Plane abgedeckt worden. Fleur fiel Tammo um den Hals.

»Ich bin so froh, dass du da bist!«

Warum fragt er nicht, was genau passiert ist?, rätselte die Kommissarin. Aber vielleicht war dieses Verhalten gar nicht verdächtig; nicht jeder Mensch verfügte über so viel Neugier wie sie selbst. Sie ermahnte sich selbst, keine voreiligen Schlüsse zu ziehen. Mona wandte sich an das Ehepaar:»Ich komme später zu euch, wenn sich die Lage hier geklärt hat.«

»Danke, dass du mich so schnell benachrichtigt hast.«

Mit diesen Worten verabschiedete Tammo sich von der Kommissarin. Er legte beschützend den Arm um Fleurs Schultern und ging mit ihr hinaus. Enno hatte sich bereits Latexhandschuhe übergezogen und schaute sich im Frisörladen um.

»Der Bestatter ist bereits benachrichtigt, er wird die Leiche so schnell wie möglich abholen. – Was kannst du mir zu dem Tathergang sagen?«

»Nicht viel, fürchte ich«, antwortete Mona und berichtete, was sich abgespielt hatte. Zum Schluss fügte sie hinzu: »Unsere erste Spur ist das Telefonat, das Luisa bei meinem Eintreffen geführt hat. Sie wirkte auf mich verängstigt oder eingeschüchtert, hat das aber heruntergespielt. Wenn du mich fragst, dann stand diese Frau unter einem enormen Druck – und wir sollten herausfinden, was ihr so große Sorgen bereitet hat. – Luisa war eine Freundin, Enno. Sie hätte sich mir anvertrauen sollen!«

Mona ging in den Tattoo-Raum, Enno folgte ihr. Das Smartphone des Mordopfers lag auf einer Kommode, wo sich auch ihr Handwerkszeug befand. Der Oberkommissar tat es in einen Beweismittelbeutel, dann sagte er: »Wusste Luisa, dass du Polizeibeamtin bist?«

»Jedenfalls habe ich mich nicht als Strandkorbschubserin ausgegeben. Du weißt, dass ich stolz auf meinen Beruf bin. – Denkst du, Luisa könnte in illegale Machenschaften verwickelt gewesen sein?«

»Zumindest wäre das ein Grund dafür, gegenüber einer Polizistin Stillschweigen zu bewahren«, meinte Enno. Ähnliche Überlegungen hatte Mona auch schon gehabt.

»Luisa hatte ihren Hauptwohnsitz in Emden, dort betrieb sie ein Tattoo-Studio zusammen mit einem Kollegen namens Dirk Schöller«, erklärte die Kommissarin und fuhr fort: »Sie wollte sich hier auf der Insel ein zweites Standbein schaffen, und die Resonanz war bisher sehr gut. Ich habe ihr allerdings deutlich gemacht, dass es während der Wintermonate auf Borkum sehr ruhig zugehen kann und sie in dieser Zeit vermutlich nicht genügend Kunden finden würde. Aber sie war wild entschlossen, ihr Leben in Zukunft ganz auf die Insel zu verlagern.«

Enno wusste, wie schwer es Mona fiel, intensive Beziehungen zu anderen Menschen aufzubauen – egal, ob es sich um Männer oder Frauen handelte. Deshalb musste sie Luisas Tod besonders hart treffen.

»Vielleicht war es ihrem Geschäftspartner gar nicht recht, dass sie sich so stark Richtung Borkum orientiert hat«, dachte der Oberkommissar laut nach.

Mona schnippte mit den Fingern: »Als ich Luisa fragte, wer sie attackiert hatte, versuchte sie ein mit D beginnendes Wort zu sagen – oder vielleicht einen Namen. Und Dirk fängt bekanntlich mit diesem Buchstaben an.«

»So wie Dutzende anderer Namen«, gab Enno zu bedenken, fügte aber hinzu: »Der Herr muss auf jeden Fall überprüft werden.«

»Über Luisas Familie weiß ich so gut wie nichts, das Thema hat sie immer ausgeblendet«, murmelte seine Kollegin. »Schöller könnte darüber mehr wissen.«

Sie hatte natürlich die Mobilnummer der Tattoo-Künstlerin, aber um das Studio in Emden zu erreichen, rief sie den dortigen Festnetzanschluss an. Auf der Kommode lagen ein paar Dutzend Visitenkarten, die mit einem künstlerisch gestalteten Totenkopf geschmückt waren. Darauf standen neben dem Namen LUISAS & DIRKS MAGIC INK auch eine Postadresse und mehrere Telefonnummern. Mona atmete tief durch, während sie anrief und das Freizeichen ertönte. Dann meldete sich eine junge Frauenstimme.

»*Luisas & Dirks Magic Ink*, du sprichst mit Rena. Was können wir für dich tun?«

»Moin, ich bin Kommissarin Sander von der Polizei Borkum. – Ich möchte mit Dirk Schöller sprechen.«

Renas Stimme klang nun beunruhigt: »Polizei Borkum? Ist Luisa etwas passiert?«

Mona wollte ihre Karten nicht aufdecken – noch nicht.

»Wo ist denn nun Herr Schöller? Ich muss ihm einige Fragen stellen«, beharrte sie.

»Dirk ist doch ebenfalls auf Borkum, ich kann Ihnen seine Mobilnummer geben«, stammelte Rena und nannte eine Zahlenfolge.

Die Ermittlerin machte sich eine Notiz und fragte: »Seit wann befindet Dirk Schöller sich auf der Insel?«

»Seit gestern Abend, er hat die letzte Fähre genommen und wollte heute oder morgen zurückkehren«, lautete die Antwort.

»Zu welchem Zweck hat Schöller Borkum besucht? Und in welchem Verhältnis stehen Sie zu ihm?«

»Ich weiß nicht, was er bei Ihnen will. Vielleicht geht es um Luisas Studio, sie hat ja noch ein zweites Unternehmen auf der Insel. – Und ich bin hier als Aushilfe angestellt«, sagte Rena. Mona erfragte noch ihren vollständigen Namen – Rena Grönefeld – und bedankte sich. Als Nächstes rief sie Schöller an, dessen Handy aber ausgeschaltet war.

»Wie kommt es, dass ich mich nicht wundere?«, stieß die Kommissarin hervor. »Wie lange brauchen die Kriminaltechniker, um Luisas Smartphone zu knacken? Oder lässt es sich mithilfe eines Gesichts- oder Fingerabdruck-Scans aktivieren?«

»Keine Chance«, meinte Enno, »ich habe es mir gerade schon näher angeschaut, wir benötigen ein Passwort. – Die Kollegen werden ja gleich anrücken, dann können wir ihnen das Gerät direkt in die Hand drücken.«

Mona nickte und sagte: »Irgendwo muss Schöller ja gewohnt haben, während er sich auf der Insel befand. Vielleicht bei Luisa? Ich weiß ehrlich gesagt nicht, in welchem Verhältnis sie zu ihm gestanden hat – ob die beiden mehr waren als nur Geschäftspartner. Ob Schöller begeistert davon war, dass sie ganzjährig auf die Insel ziehen wollte? Das bezweifle ich.«

»Bei Schöller kann man jedenfalls davon ausgehen, dass sie seine Stimme erkannt hätte«, vermutete der Oberkommissar, »und deshalb wäre es bei ihm höchst sinnvoll gewesen, dass kein Wort über seine Lippen kam. Andererseits: Geschäftlich betrachtet macht es keinen Unterschied, ob Luisa das gemeinsame Studio sausen lässt oder nicht mehr lebt. Schöller hätte also nichts dadurch gewonnen, dass er sie tötet.«

»Nee, aber so rational denkt ein Mörder nicht unbedingt. – Ich möchte Luisas Unterkunft überprüfen, sobald wir hier fertig sind. Sie hat immer in der *Pension Andersen* gewohnt, wenn sie auf Borkum war«, sagte Mona.

»Besteht denn die Chance, dass der Mörder unmittelbar vor oder nach dem Verbrechen gesehen wurde?«, fragte Enno,

»Vielleicht ist Frau Willms dem Täter noch begegnet. Sie hat sich nämlich ihre Dauerwelle machen lassen, unmittelbar bevor der Mord geschehen ist«, überlegte die Kommissarin. Sie erinnerte sich an die Situation: Die Ladenklingel war zu hören gewesen, als die alte Dame den Frisörsalon verlassen hatte. Wenig später – vielleicht war keine halbe Minute vergangen – erklang das Geräusch aufs Neue. In dem Moment musste der Maskenmann eingetreten sein. Man konnte sich dem Gebäude von der Seite des Inselbahnhofs nähern oder aus Richtung Ostland auf das Ortszentrum zusteuern. Der Täter musste gewartet haben, bis keine Kundin mehr im Salon war. Aber – konnte das stimmen?! Mona selbst hatte den Frisörladen erst wenige Minuten zuvor betreten. Woher wusste der Mörder, dass sie sich nicht die Haare machen, sondern ein Tattoo stechen lassen wollte? Eine Kundin im Tattoo-Raum konnte ihm als Zeugin nicht gefährlich werden, solange die Tür geschlossen blieb. Mona ging davon aus, dass der Mord eiskalt geplant war – allein schon, weil der Täter eine Waffe mit Schalldämpfer besorgt und den Zettel für Fleur geschrieben hatte. Ganz zu schweigen davon, dass er wusste, in welchen Raum er sie sperren konnte. Und: Der Verbrecher hatte die Frisörin am Leben gelassen – warum? Weil er es nur auf Luisa abgesehen hatte? Oder wollte er Fleur aus einem anderen Grund verschonen – beispielsweise, weil er mit ihr verheiratet war?

»Worüber denkst du nach?«, wollte Enno wissen.

»Ich hatte Tammo telefonisch gebeten, seine Frau abzuholen. Und er erschien auffällig schnell, innerhalb weniger Minuten. Und dabei wohnt das Paar an der Franzosenschanze!«

»Vielleicht hatte er ja in der Nähe zu tun«, schlug der Oberkommissar vor.

»Ja, das ist möglich«, murmelte Mona. Sie nahm sich vor, möglichst bald Tammos Vergangenheit zu durchleuchten. Sie wusste nur, dass er kein Inselfriese, sondern vom Festland zugezogen war. Nun erschienen die Kriminaltechniker auf der Bildfläche. Nachdem die Kriminalisten ihnen kurz den Stand der Dinge geschildert hatten, verabschiedeten Mona und Enno sich. Draußen hielten Grietje und Hinderk Wache. Das Absperrband und die Polizeiuniformen schienen Neugierige magisch anzuziehen. Und auch die junge Polizeimeisterin war wissbegierig: »Warum warst du eigentlich so schnell vor Ort, Mona? Du hast doch heute frei, oder?«

»Ich war als Kundin dort.«

Grietje kapierte, was dies zu bedeuten hatte: »Deine Haare hätten es wirklich mal nötig, aber hat der Täter dich dann zusammen mit der Frisörin eingesperrt? – Nee, mein Denkfehler – du wolltest dir ein Tattoo stechen lassen, oder?«

Mona bereute schon, dass sie sich auf den Wortwechsel mit Grietje eingelassen hatte.

»Darüber können wir später schnacken, okay?! Jetzt kommt es erst einmal darauf an, den Mörder zu finden.«

Mit diesen Worten ließ die Kommissarin die Polizeimeisterin stehen und ging zusammen mit Enno zur Wache hinüber. Die Polizeistation befand sich in der Strandstraße, nicht weit vom unteren Ende der Hindenburgstraße entfernt. Unterwegs sprachen die Ermittler weiter über den Fall.

»Warum wollte Luisa ihren Lebensmittelpunkt nach Borkum verlegen, Enno? Weil wir hier auf dem ›schönsten Sandhaufen der Welt‹ wohnen? Gut, das ist ein Grund. Aber vielleicht war der geplante Umzug auch eine Flucht – und zwar vor Schöller!«

»Zumindest brauchen wir von dem Herrn ein wasserdichtes Alibi, zumal er sich nachgewiesenermaßen auf Borkum befindet«, sagte der Oberkommissar.

»Ich versuche weiter, ihn zu erreichen – und falls das innerhalb von einer Stunde nicht klappt, dann muss der Chef eine Handyortung beantragen!«, betonte seine Kollegin.

Die Ermittler teilten sich die Arbeit auf und begannen damit, die unmittelbare Umgebung zu kontrollieren. Mona konzentrierte sich dabei auf die Mülleimer – und wurde prompt fündig. Im Restmüllcontainer einer nahegelegenen Pizzeria fand sie einen Overall und eine Sturmmaske. Sie breitete das Kleidungsstück aus. Es passte schätzungsweise zu einer Person, die eins achtzig bis eins neunzig groß war.

»Ich gratuliere zu deiner Spürnase«, lobte Enno. »Allerdings bezweifle ich, dass diese Indizien gerichtsverwertbar sind. Der Strafverteidiger könnte einwenden, dass sie im Müll gelegen haben und kontaminiert sein könnten.«

»Womit er gar nicht mal so unrecht hätte«, stellte Mona trocken fest. Sie war trotzdem stolz auf den kleinen Erfolg. Noch lieber wäre ihr allerdings eine genaue Beschreibung des Verdächtigen gewesen.

Die Kommissare befragten nun einige Anwohner und Passanten, aber ohne Erfolg. Niemand schien einen Mann im Overall um 18 Uhr herum in der Nähe des Frisörladens gesehen zu haben. Plötzlich schlug Mona sich mit der flachen Hand vor die Stirn: »Enno, wir sind Trottel!«

»Wenn du meinst … was haben wir denn übersehen?«

Anstelle einer Antwort deutete sie auf den Parkstreifen gegenüber vom Frisörsalon: »Da konnte der Mörder unangefochten in seinem Auto warten, bis die Gelegenheit zum Zuschlagen gekommen war. Vielleicht hat er sogar Zugriff auf die Terminplanung seines Opfers gehabt. So wusste er, dass ich für ein Tattoo erscheinen wollte und daher im Zimmer nicht in die Schusslinie geraten würde. Oder es bereitete ihm einen besonderen Nervenkitzel, in meiner Gegenwart einen Mord zu begehen!«

Enno führte den Gedanken weiter: »Das gilt vor allem, falls er weiß, dass du Polizistin bist. Aber selbst wenn er dich für eine ganz normale Zivilistin halten würde, wäre es immer noch mit einem Risiko verbunden.«

Die Ermittler betraten die Wache durch den Haupteingang. Vor der Schranke im Wachlokal wurde ein bulliger Kerl gerade laut: »Und ich sage Ihnen jetzt zum dritten Mal, dass meine Partnerin Polizeischutz braucht! Ihr Leben ist in Gefahr!«

Die junge Kollegin Britt Mölders hinter dem Tresen blieb ruhig, sie war im Umgang mit schwierigen Personen geschult. Mona schaute sich den Melder genauer an. Er war ein bulliger Kerl mit schwarzem Vollbart und rasiertem Schädel, dessen Arme vollständig mit Tätowierungen bedeckt waren. Von seinem übrigen Körper sah man nicht viel, weil er eine schwarze Jeans und ein Heavy-Metal-T-Shirt von derselben Farbe trug. Mona trat neben den Mann und musterte ihn unverhohlen: »Moin, sind Sie Dirk Schöller?«

Der Schwarzbart wirkte erstaunt, dann nickte er: »Ja, verdammt! Ich rede mir hier den Mund fusselig, weil mir anscheinend niemand glaubt, dass meine Partnerin um ihr Leben fürchten muss.«

Mona stellte Enno und sich selbst vor.

»Wir unterhalten uns besser in unserem Dienstzimmer weiter«, sagte sie.

Kapitel 3

Schöller nahm die Todesnachricht zur Kenntnis, ohne mit der Wimper zu zucken. Er hockte auf Monas Besucherstuhl in ihrem Büro und hatte die Hände gefaltet, als ob er beten wollte. Nur das unübersehbare Heben und Senken seiner Brust zeugte davon, wie sehr ihm die Hiobsbotschaft an die Nieren ging.

»Also starb Luisa, während ich hier noch um Polizeischutz für sie gebettelt habe«, brachte er mit tonloser Stimme hervor.

»Wann sind Sie auf der Wache erschienen?«

»Was spielt das für eine Rolle, Frau Sander?«

»Beantworten Sie einfach meine Frage.«

»Vielleicht vor zehn Minuten, also kurz vor 19 Uhr.«

»Luisa starb zwischen 18.00 und 18.15 Uhr«, stellte Mona klar und fügte hinzu: »Als Sie die Polizei um Hilfe baten, war es leider schon zu spät. – Mich interessiert aber eine andere Sache: Laut Ihrer Mitarbeiterin sind Sie bereits gestern nach Borkum gereist. Warum erscheinen Sie erst so spät am heutigen Tag, wenn Sie angeblich so besorgt um Luisa Stroth waren?«

Ob es zwischen Schöller und der Tattoo-Künstlerin eine Liebesbeziehung gegeben hatte? Die Kommissarin wollte sich zu diesem Punkt kein Urteil bilden, jedenfalls vorerst nicht. Obwohl sie Luisa als eine Freundin ansah, hätte sie nicht sagen können, ob es im Leben dieser Frau einen Mann gab – oder eben nicht. Von sich aus war Luisa nie auf dieses Thema gekommen, auch nicht, wenn Mona begeistert von »ihrem« Jan erzählte. Die Kommissarin war inzwischen schon einige Zeit verheiratet, aber für sie fühlte sich das Eheleben immer noch sowohl angenehm als auch unwirklich an – genau wie die Tatsache, dass sie, ihr Mann und ihre Dogge neuerdings in einem schönen alten Friesenhaus wohnten. Auch wenn dieser Gedankengang noch so angenehm war – Mona schob ihn beiseite und konzentrierte sich wieder auf Schöller. Die Todesnachricht schien ihn überrascht zu haben, aber sie hatte ihm nicht den Boden unter den Füßen weggezogen. Dieser Eindruck konnte natürlich täuschen, vielleicht verfügte er einfach über eine gute Selbstbeherrschung. Oder lag es daran, dass er über den Mord schon Bescheid wusste?

»Ich war nicht ganz ehrlich«, gab er zu, »denn Rena gegenüber habe ich behauptet, schon gestern nach Borkum übergesetzt zu haben. In Wirklichkeit bin ich noch einen Tag länger in Emden geblieben, und zwar bei einer guten Freundin. Davon sollte weder Rena – die eine fürchterliche Tratsche ist – noch meine Frau etwas erfahren.«

»Sie tragen keinen Ehering«, stellte Enno fest, der sich bisher aus der Befragung herausgehalten hatte. Stattdessen war er mit der Zubereitung von Tee beschäftigt gewesen, der ihm und seiner Kollegin als »Lebenselixier« diente. Die aus Braunschweig stammende Mona war zwar keine gebürtige Inselfriesin, hatte sich aber bezüglich des Teetrinkens bereits vollständig in die Borkumer Gesellschaft integriert.

Schöller zuckte mit den Schultern: »Das ist eine Frage des Images, Herr Moll. Ich betreibe ein Tattoo-Studio, da muss ich nicht als braver Ehemann auftreten. Meine Kunden erwarten eher ein abenteuerliches Aussehen.«

Er breitete die Arme aus, deutete demonstrativ auf sein Erscheinungsbild.

»Und das Fremdgehen fällt Ihnen wohl auch leichter, wenn Sie nicht diesen Ring am Finger tragen.«

Dieser Spruch kam natürlich von Mona, die aus ihrer Abneigung gegen Schöller kein Hehl machte. Wie üblich fiel es ihr schwer, Sympathie oder Antipathie nicht offen zu zeigen. Er warf ihr einen gereizten Blick zu: »Ich bin ganz gewiss kein Heiliger, aber mit Luisas Tod habe ich bestimmt nichts zu tun. Ich würde wohl kaum um Polizeischutz für sie bitten, wenn ich sie ermorden wollte.«

Es sei denn, du würdest dies für einen besonders geschickten Schachzug halten, dachte die Kommissarin. Sie schlug ihr Notizbuch auf: »Ihre Beteuerungen in allen Ehren, aber ich halte mich lieber an die Fakten. – Nennen Sie mir den Namen Ihrer Gespielin, damit sie Ihr Alibi bestätigen kann. Oder eben auch nicht.«

»Sie heißt Caroline Anders«, murmelte Schöller und nannte außerdem eine Mobilnummer.

»Wann genau sind Sie denn nun auf die Insel gekommen?«, fragte der Oberkommissar.

»Vorhin, mit der letzten Autofähre des Tages. Mein Wagen steht allerdings weiterhin auf dem Festland, deshalb habe ich mich per Taxi vom Hafen direkt zur Polizeistation fahren lassen.«

Mona rechnete schnell im Kopf nach: Die Fähre von Emden benötigte ungefähr zwei Stunden bis nach Borkum. Wenn man dann noch die kurze Taxifahrt vom Hafen zur Wache dazurechnete, konnte die Angabe durchaus stimmen. Der Verdächtige schien zu ahnen, was in ihr vorging. Schöller sagte: »Ich habe ja auch noch mein Ticket dabei.«

Er legte eine Fahrkarte der AG Ems auf den Schreibtisch. Mona nahm sie an sich: »Das ist ein einfaches Ticket, eine Rückfahrt hatten Sie noch nicht vorgesehen?«

»Ich hatte keine Ahnung, wie lange ich auf der Insel bleiben muss«, behauptete er.

Die Kommissarin lehnte sich in ihrem Bürostuhl zurück und schaute ihn so intensiv an, als ob sie ihn hypnotisieren wollte. »Angenommen, ich würde Ihnen glauben. Sie wären also um Luisa besorgt gewesen, was ja an sich ein feiner Zug ist. Aber warum sind Sie dann nicht direkt zu ihrem Borkumer Tattoo-Studio gegangen, um zu sehen, ob sie aktuell in Gefahr ist? Sie hätten sie auch warnen können. Oder wissen Sie nicht, wo es sich befindet?«

»Natürlich ist mir das bekannt, Luisa hatte bei dieser holländischen Frisörin einen Raum gemietet. – Ich konnte nicht dorthin gehen, weil Luisa mich nicht sehen will. Ich habe sozusagen Hausverbot für ihr Borkumer Studio.«

Mit dieser Eröffnung hatte die Kommissarin nicht gerechnet.

»Das müssen Sie uns genauer erklären«, forderte sie.

Enno stellte Schöller eine Tasse hin. Der Tattoo-Studio-Besitzer bediente sich an dem Tee und nahm einige Schlucke von der starken Assam-Mischung. Dann sagte er: »Ich tätowiere ja auch selbst, aber mein Talent hält sich leider in Grenzen. Ich bin Realist genug, um das zu erkennen. Aber Luisa – sie ist … sie war eine wirkliche Künstlerin. Die Kunden liebten ihre Motive, ihre Fantasie schien keine Grenzen zu kennen. Aber in ihrem Privatleben hatte sie leider nicht so eine glückliche Hand.«

»Was soll das bedeuten?«, fragte Mona.

»Vor ungefähr einem halben Jahr kam ich in meinem Emder Studio gerade von der Mittagspause, als Luisa in Bedrängnis war. Gelegentlich passiert es mal, dass ein Kunde unzufrieden ist. Normalerweise kann man solche Meinungsverschiedenheiten ohne Polizei regeln, aber dieser Typ jagte ihr eine fürchterliche Angst ein. So habe ich sie noch nie erlebt. Sie hockte zitternd wie ein Häufchen Elend in der Ecke. Ich griff natürlich sofort ein, denn ich bin kein Schwächling und auch nicht feige. Außerdem hat der Jammerlappen sich nicht gewehrt. Ich verpasste dem Kerl ein paar Kopfnüsse und warf ihn achtkantig hinaus. – Aber dann ging es erst richtig los!«

»Der Mann war gar kein Kunde, sondern ein Freund Ihrer Geschäftspartnerin?«, riet Mona.

Schöller nickte eifrig: »Ja, und plötzlich war *ich* in ihren Augen der Schurke! Luisa behauptete, ich hätte alles falsch verstanden und sie wäre gar nicht in Gefahr gewesen – und dass sie diesen Don aufrichtig lieben würde!«

»Er hieß also Don?«, hakte Enno nach.

»Jedenfalls nannte er sich so, Herr Moll. Ich habe mir nicht seinen Personalausweis zeigen lassen, aber dass es sich um einen hinterhältigen Dreckskerl handelt, musste ich schon bald feststellen. Don erwies sich als Memme, gegen einen handfesten Kerl wie mich konnte er nicht bestehen. Er wehrte sich auch kaum, als ich ihn vor die Tür setzte – jedenfalls nicht direkt. Aber ein paar Tage später stand das Gewerbeaufsichtsamt auf meiner Fußmatte. Angeblich würden wir Tinte verarbeiten, die krebserregende Substanzen enthielt. Die Anschuldigung war frei erfunden, aber die Beamten müssen solchen Hinweisen nachgehen.«

»Lassen Sie mich raten: Es gab einen anonymen Tipp.«

»Ganz genau, Frau Sander. Da Luisa und ich kein verbotenes Material benutzten, stellte sich unsere Unschuld schnell heraus. Aber schon am nächsten Tag waren sämtliche Reifen meines Autos zerstochen worden. Ich erstattete natürlich Anzeige gegen unbekannt, aber Ihre Emder Kollegen konnten leider keinen Verdächtigen ermitteln. Für mich stand fest, wer dahintersteckte. Vorerst hielt ich meine Klappe, denn Luisa hatte bei dem Vorfall diesen ›Don‹ verteidigt wie eine Löwenmutter ihren Nachwuchs. Aber dann passierte die Sache mit meinem Hund.«

Mona lief ein kalter Schauer über den Rücken. Ihre Dogge Rufus war seit Jahren ein Familienmitglied, deshalb reagierte die Kommissarin ganz besonders dünnhäutig auf Verbrechen gegen Tiere. »Was ist geschehen?«, fragte sie.

»Jemand hat Timmy vergiftet«, brachte Schöller mit heiserer Stimme hervor. »Mein Golden Retriever war ein freundliches und verspieltes Tier, es gab nie Ärger – auch nicht mit anderen Hundebesitzern oder irgendwelchen Spießern, die sich über ein bisschen Gebell aufregen. Und zwei Tage nach dem denkwürdigen Auftritt von ›Don‹ verreckt mein Rüde elend im Rinnstein – würden Sie das für einen Zufall halten?«

Die Kommissarin wusste nicht, ob Schöller eine Antwort von ihr erwartete. Aber für sie war es eine absolute Horrorvorstellung, dass jemand ihren Rufus tötete. Sie konnte sehr gut nachvollziehen, wie Schöller sich gefühlt haben musste. Momentan hatte sie einen so trockenen Hals, als ob sie seit vielen Stunden nichts mehr getrunken hätte. Enno ahnte, was in ihr vorging – er war eben ihr bester Freund.

»Das tut mir leid für Sie«, betonte er. »Was unternahmen Sie daraufhin?«

Schöller antwortete: »Natürlich ging ich wieder zur Polizei, aber das hatte ja schon bei der Sache mit den zerstochenen Reifen nichts gebracht. Außerdem verlangte ich von Luisa, dass sie mir ›Dons‹ richtigen Namen und seine Anschrift nennt, damit ich die Angaben an die Polizei weiterleiten kann. Sie weigerte sich und behauptete, ich würde Gespenster sehen. Für den Vandalismus an meinem Auto und für Timmys Gifttod könnten auch Jugendliche verantwortlich sein, die aus Langeweile krumme Dinger drehen. Sie beharrte darauf, dass ihr Freund unschuldig sei. Schließlich gab ich auf. Aber unser Verhältnis zueinander hatte sich seitdem spürbar abgekühlt.«

Mona tat ein Kluntje in ihre Tasse und goss heißen Tee darauf. Als sie noch einen Schuss Sahne hinzugefügt hatte, nahm sie ein paar Schlucke. Nachdem ihre Kehle auf diese Art geölt worden war, sagte sie: »Das alles hat sich vor einem halben Jahr abgespielt, wenn ich Sie richtig verstanden habe. Ungefähr um diese Zeit hat Luisa offenbar begonnen, ihre Fühler in Richtung Borkum auszustrecken.«

»Ja, das ist richtig. Nach dem hässlichen Streit mit meiner Geschäftspartnerin waren keine vier Wochen vergangen, als sie mir plötzlich eröffnete, dass sie zwei Tage pro Woche auf der Insel arbeiten wollte. Ich musste mir auf die Zunge beißen, um sie nicht von ihrem Plan abzubringen. Die meisten meiner Kunden wollen sich nur von Luisa verschönern lassen, nicht von mir. Und auf Borkum lief ihre Tätigkeit auf eigene Rechnung.«

»Mit anderen Worten: Sie haben durch Luisas veränderte Lebensplanung Geld verloren«, stellte Enno fest.

»Ja, und das nicht zu knapp, Herr Moll! Aber was konnte ich schon gegen ihr Vorhaben unternehmen? Wenn ich mich quergelegt hätte, wäre sie vielleicht für immer abgehauen. Außerdem hatte ich die Hoffnung, dass Luisas Borkumpläne sich zerschlagen würden.«

»Davon kann keine Rede sein«, stellte die Kommissarin klar. »Ich weiß, dass die ›Inseltage‹ Ihrer Partnerin immer restlos ausgebucht waren. Ich selbst wollte mir ein neues Motiv von ihr stechen lassen und war schon auf der Behandlungsliege, als der Mord geschah.«

Diese Information schien den Tätowierer zu erschüttern: »Dann war also eine Polizistin in nächster Nähe, als der Mörder zuschlug?«

»Als ich merkte, dass etwas faul war, holte ich sofort Hilfe und versuchte, Luisas Blutverlust zu stoppen«, berichtete Mona. »Leider konnte der Täter dadurch entkommen.«

»Sie wissen ja jetzt, nach wem Sie suchen müssen«, gab Schöller grimmig zurück, »und wenn Sie wollen, kann ich Ihnen stattdessen ein Motiv stechen.«

Du wärst so ungefähr der Letzte, den ich an meinen Hintern lassen würde – noch nicht mal mit einer Tattoo-Nadel, schoss es Mona durch den Kopf. Sie hoffte, dass man ihre Gedanken nicht erraten konnte, und sagte: »Gegebenenfalls komme ich darauf zurück, aber jetzt haben die Ermittlungen Vorrang. – Dass Sie diesen ›Don‹ verdächtigen, haben wir zur Kenntnis genommen. Aber mir ist immer noch nicht klar, aus welchem Grund Sie vorhin für Luisa Polizeischutz verlangt haben.«

»Meine Freundin Caroline Anders wohnt in Emden in der Kanadischen Straße, die befindet sich in der Nähe vom Borkum-Anleger. Und als ich gestern zu Caroline gefahren bin, sah ich diesen ›Don‹, wie er vor der Gangway in der Warteschlange stand. Bei mir schrillten sofort die Alarmsirenen. Ich wäre vor Schreck beinahe gegen ein Verkehrsschild gefahren. Mir war bewusst, dass der Kerl nur wegen Luisa auf die Insel will.«

»Dass Sie das Tattoo-Studio nicht betreten dürfen, ist eine Sache – aber Sie hätten Ihre Geschäftspartnerin ja auch telefonisch warnen können«, gab Enno zu bedenken.

»Luisa hatte meine Nummern blockiert«, gestand Schöller, »aber ich wollte sie natürlich nicht ins offene Messer laufen lassen. Deshalb habe ich diese Frisörin angerufen, damit sie Luisa warnt.«

Ob diese Aussage der Wahrheit entsprach? Die Behauptung konnte immerhin überprüft werden; Mona wollte später ohnehin ausführlich mit Fleur Doorn sprechen, sie war eine wichtige Zeugin.

»Wenn Luisa Sie in ihrem Borkumer Studio nicht empfangen wollte – warum sind Sie dann überhaupt auf die Insel gekommen?«, rätselte der Oberkommissar.

Schöller rutschte auf dem Stuhl hin und her, als ob plötzlich ein Feuer unter der Sitzfläche ausgebrochen wäre.

»Ich stehe in Kontakt mit Tammo Jepsen-Doorn«, murmelte er, »ich habe ihm vor Jahren mal ein Brust-Tattoo verpasst. Seitdem folgen wir einander in den sozialen Medien, darum habe ich auch mitbekommen, dass er Fleur geheiratet hat. Seit das Verhältnis zwischen Luisa und mir so schlecht ist, telefonieren wir öfter miteinander.«

Was hat denn Tammo mit der ganzen Sache zu tun? Diese Frage sprach Mona nicht offen aus, aber es war, als ob Schöller ihre Gedanken gelesen hätte: »Tammo mag Tätowierungen, aber das Studio im Salon seiner Frau missfällt ihm. Wenn es nach Tammo ginge, würde dort eine Kosmetikerin einziehen, die Fleur eine

Umsatzbeteiligung gibt. Momentan hat die Frisörin überhaupt nichts von Luisas Erfolg – abgesehen von der Miete, die viel zu niedrig ist.«

»Also sollte Tammo dafür sorgen, dass Fleur Luisa rauswirft, damit das Borkum-Experiment scheitert und die Tattoo-Künstlerin reumütig zu Ihnen zurückgekrochen kommt?«

»So, wie Sie es sagen, klingt es sehr negativ, Frau Sander – aber ich muss auch sehen, wo ich bleibe. Und ohne Luisa steht mein Studio zumindest auf der Kippe.«

»Dann sollten Sie sich besser einen anderen Broterwerb suchen, denn Ihre Tätowiererin wird nie zurückkommen«, stellte Mona fest.

»Wir müssen die Familie des Mordopfers benachrichtigen«, sagte Enno. »Wissen Sie, mit wem wir Kontakt aufnehmen können?«

»Die Eltern leben nicht mehr, das hat Luisa mal erwähnt«, antwortete der Tätowierer. »Es gibt eine Schwester, die in Hildesheim lebt. Sie heißt mit Vornamen Ramona. Ob sie verheiratet ist und deshalb einen anderen Nachnamen hat, weiß ich nicht.«

»Das finden wir schon heraus«, versicherte Mona. »Sie können jetzt gehen, Herr Schöller. Falls es noch Fragen gibt, dann haben wir ja Ihre Telefonnummer.«

Der Tätowierer stand auf. Er wirkte beinahe erstaunt, dass man ihn laufenließ. Oder kam es Mona nur so vor?

»Finden Sie ›Don‹, der Mörder darf nicht ungestraft davonkommen.«

Mit diesen Worten verließ Schöller das Büro der Kommissare und wenig später die Wache. Mona trat ans Fenster und schaute ihm nach, wie er an den Bäumen beim Georg-Schütte-Platz vorbei Richtung Inselbahnhof ging.

»Hat dieser wild illustrierte Kerl uns gerade einen Bären aufgebunden?«, dachte sie laut nach.

Enno lachte, dann sagte er: »Wer im Glashaus sitzt, soll nicht mit Steinen werfen. – Oh, das war jetzt nicht so gemeint.«

Der Oberkommissar hatte zu spät bemerkt, dass man seine Bemerkung missverstehen konnte. Er hatte offenbar darauf anspielen wollen, dass seine Kollegin selbst ebenfalls mindestens eine Tätowierung hatte. Aber man hätte die Worte auch auf Schöllers eheliche Untreue beziehen können – und darauf, dass Mona ebenfalls fremdgegangen war, was sie hinterher bitter bereut hatte. Aber sie wusste genau, dass er kein Salz in ihre Wunde streuen wollte. Deshalb sagte sie:»Meinetwegen kann Schöller sich ein rotes Herz auf die Nasenspitze stechen lassen, darum geht es nicht. – Ich denke, dass er zumindest teilweise uns gegenüber ehrlich gewesen ist. Aber war sein Verhältnis zu Luisa wirklich so rein professionell, wie er es dargestellt hat?«

»Du meinst, dass er nicht nur mit seiner Freundin an der Kanadischen Straße seinen Spaß haben wollte, sondern auch bei Luisa sein Glück versucht hat?«, vergewisserte Enno sich und fügte hinzu:»Das wäre zumindest eine glaubwürdigere Erklärung dafür, dass Luisa ihrem Geschäftspartner auf Borkum Hausverbot erteilt hat. Da könnte wirklich noch mehr vorgefallen sein, als diesem geheimnisvollen Mister ›Don‹ nur eine Abreibung zu verpassen.«

»Du bezweifelst, dass es diesen Menschen überhaupt gibt?«

»Bist du anderer Meinung, Mona? Wenn wir von anderen Personen zu hören bekommen, dass es einen Mann mit diesem Namen oder Spitznamen in Luisas Leben gegeben hat, sieht die Sache schon wieder völlig anders aus. Allerdings konnte Schöller nicht wissen, dass Luisa dir sterbend dieses mit D beginnende Wort nennen würde. Von daher gibt es diesen Unbekannten vielleicht wirklich. Aber momentan würde ich mich nicht auf die Angaben des Tätowierers verlassen … seine Absprache mit Tammo lässt sich allerdings überprüfen. Und ich könnte mir schon vorstellen, dass Fleurs Ehemann lieber eine lukrativere Kosmetikpraxis im Salon seiner Frau hätte, als dass sie weiterhin nur eine bescheidene Miete von Luisa kassiert. Soweit ich weiß, ist es bei dem Ehepaar finanziell ziemlich eng. Zumindest hat meine Frau mir das erzählt.«

»So wie bei Jan und mir«, witzelte die Kommissarin düster. Die Renovierung seines geerbten Hauses hatte bei den beiden einen Schuldenberg hinterlassen. Wenn Mona nicht Beamtin auf Lebenszeit gewesen wäre, hätte sie nicht einen so großen Kredit aufnehmen können. Aber diesen Gedanken verdrängte sie nur allzu gern:»Das ist plausibel – Tammos Ehefrau bekommt mehr Einnahmen, und Schöller hätte auf Luisas Rückkehr nach Emden hoffen können. Aber wir müssen es uns nicht unnötig kompliziert machen. Ich habe dir ja erzählt, wie ängstlich Luisa bei ihrem Telefonat gewirkt hat. Sobald wir den Teilnehmer ermitteln konnten, haben wir bestimmt auch den Mörder gefunden!«

»Darüber würde sich nicht nur der Chef freuen«, meinte Enno schmunzelnd. »Apropos: Wir müssen Oltbeck über die aktuelle Ermittlung in Kenntnis setzen.«

»Ich kann es kaum erwarten«, gab Mona seufzend zurück.

Wenig später saßen die Kommissare im Büro des Dienststellenleiters und brachten ihn auf den neuesten Stand. Hauptkommissar Hinrich Oltbeck strich sich über seinen kahlen Schädel.

»Eine ermordete Tätowiererin? Eine Bluttat im Rockermilieu ist das Letzte, was wir auf unserer friedlichen Insel gebrauchen können«, seufzte er.

Mona schaffte es, die Augen nicht zu verdrehen: »Also, für ein *Rockermilieu*« – sie betonte das Wort ironisch – »braucht man zunächst mindestens zwei rivalisierende Motorradgangs, Herr Oltbeck. Und die haben wir auf der Insel nicht. Ich möchte auch bezweifeln, dass ein Eiland wie Borkum mit einer so weitreichenden Saisonverkehrsbeschränkung für Biker besonders attraktiv ist.«

Auch wenn es im Gegensatz zu Juist oder Langeoog kein allgemeines Verbot für Motorfahrzeuge gab, war doch die Mobilität in der »roten« und »blauen« Zone ziemlich eingeschränkt – und damit war der größte Teil der Inselfläche abgedeckt.

»Ich weiß nicht, warum Sie diese Überlegung sofort abbügeln müssen, Frau Sander«, beharrte der Chef störrisch. »Sie sollten in alle Richtungen ermitteln.«

»Das werden wir auch tun«, versicherte sie, »ich wollte nur darauf hinaus, dass heutzutage nicht nur Rocker, Seeleute und Strafgefangene tätowiert sind – sondern auch manche Polizistinnen.«

Sie zog ihren Blusenärmel hoch und zeigte den Löwenkopf auf ihrem Oberarm.

»Ich habe durchaus zugehört und verstanden, dass Sie als Kundin privat bei der Tätowiererin waren«, schnarrte Oltbeck. »Dass Sie nicht eingreifen konnten, ist wohl auf eine Verkettung unglücklicher Umstände zurückzuführen.«

Enno warf ein: »Man kann von außen mühelos durch das Schaufenster in den Frisörladen blicken. Der Mörder muss registriert haben, dass Frau Willms fortgegangen ist und die Tür zum Tattoo-Studio geschlossen war. Also musste er nur Fleur Doorn dazu zwingen, Luisa zu rufen, und die Frisörin anschließend in die Toilettenzelle sperren. Das kann nicht länger als wenige Sekunden gedauert haben. Und als er geschossen hatte, wird er sofort geflohen sein.«

»Es war nicht meine Absicht, Frau Sander einen Vorwurf zu machen«, stellte der Chef klar. »Es ist nur bedauerlich, dass der Täter entkommen konnte, obwohl sie praktisch vor Ort war.«

Ja, aber in äußerst spärlich bekleidetem Zustand, dachte Mona – wobei sie Oltbeck diesen Umstand nicht unter die Nase rieb. Stattdessen zählte sie auf, welche Verdächtigen ermittelt worden waren: »Wir müssen überprüfen, ob es diesen ›Don‹ tatsächlich gibt. Da erhoffe ich mir Informationen von der Schwester. Und Schöller selbst hat ebenfalls ein Mordmotiv. Sein Fährticket taugt nicht zur Entlastung, denn es ist nicht personalisiert. Ein Komplize könnte vorhin an Bord der *Münsterland* von Emden gekommen sein, um Schöller diese Fahrkarte in die Hand zu drücken. Und bei seiner heimlichen Geliebten auf dem Festland besteht zumindest die Möglichkeit, dass sie ihm ein Gefälligkeitsalibi gibt.«

Enno ergänzte: »Das aber auch platzen könnte, wenn ihr bewusst wird, was eine Falschaussage bei einem Mordprozess bedeutet.«

»Es kommen auch noch andere Personen in Betracht, die wir noch nicht im Blickfeld haben, deren Namen aber mit dem Buchstaben D beginnen«, fuhr Mona fort.

Oltbeck hob abwehrend die Hände: »Es ist erfreulich zu hören, dass Sie einige Ermittlungsansätze haben. Melden Sie sich, falls Sie weitere Unterstützung benötigen.«

Der Dienststellenleiter griff nach einer Umlaufmappe und tat so, als ob er darin lesen würde. Die »Audienz« war offenbar beendet. Die Kommissare kehrten in ihr Büro zurück. Nun stand Mona eine der unangenehmsten Aufgaben einer Polizistin bevor: Sie musste eine Todesnachricht überbringen. Enno als echter ostfriesischer Gentleman hätte ihr dies zwar sofort abgenommen – aber sie war schließlich mit Luisa befreundet gewesen. Daher sah die

Ermittlerin es als selbstverständlich an, das Telefonat selbst zu machen. Nach einem kurzen Online-Check hatte sie die Telefonnummer einer Frau namens Ramona Stroth aus Hildesheim herausgefunden. Monas Herz klopfte schneller und ihre Handflächen wurden feucht, während sie den Hörer gegen ihr Ohr presste und das Freizeichen ertönte. Dann meldete sich eine Frauenstimme.

»Moin, hier spricht Kommissarin Sander von der Polizei Borkum. – Haben Sie …«

Bevor sie den Satz beenden konnte, wurde sie unterbrochen. »Ist meiner Schwester etwas zugestoßen?«

»Wir sprechen von Luisa Stroth, nicht wahr?«, vergewisserte Mona sich.

»Ja, Luisa ist meine Schwester. – Was ist mit ihr, Frau Sander?«

»Es tut mir leid, Ihnen mitteilen zu müssen, dass Luisa nicht mehr lebt. Sie ist Opfer eines Gewaltverbrechens geworden.«

Ramona Stroth begann zu weinen. Es dauerte ein wenig, bis sie einen verständlichen Satz hervorbrachte. Sie fragte: »Haben Sie den Tätowierer schon verhaftet?«

Kapitel 4

Als ob ich es nicht geahnt hätte, dachte die Kommissarin. Aber sie wollte Ramona Stroth keine Worte in den Mund legen, deshalb erwiderte sie: »Von wem sprechen Sie, bitte?«

Die Stimme der Schwester klang immer noch brüchig und verwaschen – verständlich angesichts der schlimmen Neuigkeit, die sie gerade erfahren hatte. Mona konnte ihre Worte jedenfalls gut verstehen – und Enno ebenfalls, denn der Lautsprecher war eingeschaltet.

»Ich meine diesen Kerl, von dem Luisa das Tätowieren gelernt hat – das heißt, er zeigte ihr die handwerkliche Seite, aber eine solche Fantasie und Einbildungskraft wie meine Schwester hat er nicht gehabt. Seine Zeichnungen waren grobschlächtig und plakativ, es fehlte ihnen die Eleganz von Luisas Kunst. Er konnte seine Eifersucht und Missgunst gut verbergen, und auch seine wahren Gefühle. Luisa hatte leider wenig Erfahrung mit Männern, andernfalls wäre sie wahrscheinlich nicht auf ihn hereingefallen.«

Mona hakte nach: »Also waren die beiden ein Paar, Luisa und … wie heißt der Mann?«

»Er nennt sich Don – das findet er wohl besonders originell, Frau Sander.«

Für einen Moment war Mona verwirrt, aber dann erkannte sie die Ironie: Schöller selbst war »Don«! Er hatte es wohl besonders amüsant gefunden, um Polizeischutz für sein Opfer zu bitten und außerdem noch auf einen angeblichen Freund mit eben diesem ausgedachten Namen hinzuweisen. Aber Verbrecher, die mit der Polizei Katz und Maus spielen wollten, landeten meist schneller in der Untersuchungshaft, als sie es sich jemals hätten vorstellen können. Ramona Stroth sprach weiter: »Sie sind Polizistin, Sie werden öfter mit solchen Fällen zu tun haben. Viele Leute denken, dass nur naive Dummchen so einem Manipulator wie ›Don‹ auf den Leim gehen. Oder eben Frauen, die an das Gute im Menschen glauben – so wie meine arme Schwester. Dieser ›Don‹ wickelte sie jedenfalls um den kleinen Finger.«

»Ich verstehe, was Sie damit sagen wollen«, betonte Mona. »Aber es scheint, als ob Luisa sich zumindest zeitweise von ihm lösen konnte. Wussten Sie, dass Ihre Schwester auf Borkum ihre Dienste als Tätowiererin angeboten hat?«

»Ja, darauf war sie sehr stolz«, erwiderte Ramona Stroth. Ihre Stimme klang jetzt klarer. Es schien ihr gutzutun, über ihre Schwester sprechen zu können. Dann fügte sie hinzu: »Aber mir war bewusst, dass ›Don‹ sie auch auf der Insel nicht in Ruhe lassen würde. Manche Männer sind so, oder? Wenn eine Frau einmal in ihre Fänge geraten ist, gibt es für die Ärmste kein Entkommen mehr.«

»Zumindest so lange, bis der Täter vom Gesetz gestoppt wird«, stellte die Kommissarin klar. Ramona Stroth stieß ein bitteres Lachen aus: »Entschuldigen Sie, aber das halte ich für illusorisch. Glauben Sie, die Polizei oder die Staatsanwaltschaft hätte ›Don‹ jemals Kriminelles nachweisen können? Dafür war er zu raffiniert, bis zu diesem Mord – für den Sie ihn hoffentlich zur Verantwortung ziehen können. – Wie ist Luisa überhaupt gestorben? Gewiss nicht durch einen Keulenschlag oder durch Erwürgen, das passt nicht zu diesem schmächtigen Kerlchen mit seinen Puppenhänden.«

Die Kommissarin wurde stutzig: *Schmächtig* war nun wirklich kein Attribut, das sie mit Schöller in Verbindung gebracht hätte. Sie schätzte seine Körperlänge auf eins achtzig, wahrscheinlich sogar noch ein paar Zentimeter mehr. Er hatte breite Schultern, und seine Pranken hätten auch zu einem Werftarbeiter gepasst. Sie konnte sich nur schwer vorstellen, dass er damit die filigrane Tätowiernadel geschickt zu führen vermochte.

»Ihre Schwester wurde erschossen«, sagte die Kommissarin, um Ramonas Frage zu beantworten. Dann bat sie die Schwester, ›Don‹ genauer zu beschreiben.

»Er hat eine Halbglatze, und wenn er lacht – was ich selten erlebt habe –, dann klingt es wie das Wiehern eines Pferdes. ›Don‹ ist für einen Mann auch nicht besonders groß. Er überragte Luisa um höchstens einen oder zwei Zentimeter«, sagte Ramona Stroth.

Bei diesem Mann konnte es sich unmöglich um Schöller handeln. Die Kommissarin hakte weiter nach: »Ist Ihnen bekannt, ob Luisa zusammen mit ›Don‹ ein Tattoo-Studio in Emden betrieben hat?«

»Darüber weiß ich nichts, Frau Sander. Leider hat dieser durchtriebene Mistkerl es geschafft, uns Schwestern zu entzweien. Ich weiß nicht, was für Lügen er Luisa über mich aufgetischt hat. Jedenfalls wurde unser Kontakt immer spärlicher – und nachdem sie von Hildesheim aus an die Küste zog, haben wir uns gar nicht mehr persönlich getroffen. Gelegentlich telefonierten wir miteinander, dadurch erfuhr ich auch von dem neuen Projekt auf Borkum.«

»Also sind Sie nie in dem Studio in Emden gewesen?«, vergewisserte Mona sich.

»Nein, wieso ist das so wichtig?«

»Wir verfolgen mehrere Spuren«, erklärte die Kriminalistin. »Deshalb muss ich erfahren, ob es außer ›Don‹ noch andere Personen gab, die etwas gegen Ihre Schwester gehabt haben könnten. Ich weiß, dass Luisa eine sehr begabte Tätowiererin war. Gibt es Personen, die aus Neid oder Missgunst einen Groll gegen sie gehegt haben könnten?«

»Das ist vorstellbar, aber ich kann Ihnen leider keine Namen nennen, Frau Sander. Luisa spielte Probleme gerne herunter, sie gab sich nach außen als starke Frau, die sich durch nichts erschüttern lässt. Aber ich glaube schon, dass sie unter der Beziehung zu ›Don‹ leiden musste – auch wenn sie es mir gegenüber nie eingestanden hat.«

»Ich verstehe. – Nun lasse ich Sie erst einmal in Ruhe. – Luisas Leichnam muss obduziert werden, das ist in solchen Fällen Vorschrift. Ich informiere Sie, sobald der Körper freigegeben wird. Vielleicht fällt Ihnen ja noch etwas ein, das unsere Ermittlungen voranbringt. Jede Kleinigkeit kann wichtig sein. Und Sie können mich jederzeit anrufen, wenn Sie noch etwas wissen oder einfach nur reden wollen.«

Mona gab ihre Mobilnummer durch, dann beendete sie das Telefonat und atmete tief durch. Enno warf ihr einen anerkennenden Blick zu: »Du hast die richtigen Worte gefunden. – Schauen wir noch in der *Pension Andersen* vorbei?«

»Ja, mehr werden wir heute wohl nicht schaffen«, meinte seine Kollegin. Sie glaubte nicht, dass die Kriminaltechniker noch am selben Abend das Telefon des Mordopfers würden entsperren können. Also musste sie bis zum nächsten Morgen warten – und Geduld gehörte nun mal nicht zu ihren stärksten Charaktereigenschaften. Die Ermittler verließen die Polizeiwache und gingen Richtung Süderstraße, wo sich die kleine Frühstückspension befand. Nachdem sie die Gleise der Inselbahn überquert hatten, war es nicht mehr weit; der Beherbergungsbetrieb befand sich in einem schlichten roten Backsteinbau, der in den Fünfzigerjahren des vorigen Jahrhunderts errichtet worden war. Die *Pension Andersen* gehörte zu den günstigsten Anbietern auf der Ferieninsel. Der Inhaber Arnold Andersen wohnte auch selbst in dem Gebäude. Er saß auf der Terrasse neben dem Eingang und hatte ein Bier vor sich. Der stämmige Mittfünfziger trug ein geringeltes T-Shirt und Bermudashorts. Man hätte ihn für einen Urlaubsgast halten können; aber seine tiefe Sonnenbräune zeugte davon, dass er sich ganzjährig auf Borkum befand. Als er die Kommissare erblickte, stand er lächelnd auf und machte eine einladende Bewegung: »Mona und Enno, wir haben uns ja schon länger nicht mehr gesehen! Ich habe gerade den Feierabend eingeläutet. Darf ich euch ein Bier spendieren oder seid ihr noch im Dienst?«

»Leider führt uns ein trauriger Anlass hierher, Arnold«, erklärte die Kriminalistin, »Luisa Stroth wurde getötet.«

Andersens Mund blieb offen stehen. Er warf Mona einen ungläubigen Blick zu. Dann plumpste er in seinen Outdoorsessel, als ob ihm jemand die Beine weggeschlagen hätte.

»Getötet«, wiederholte er halblaut. »Das ist ja schrecklich! Habt ihr schon eine Spur?«

Die Kommissare setzten sich zu ihm an den Tisch, der als »Raucheroase« diente. Ein großer Aschenbecher auf dem Terrassentisch zeugte davon, dass sich hier vorzugsweise die Nikotinfreunde unter Andersens Gästen aufhielten. Er selbst war Nichtraucher, saß hier aber abends gern in der Sonne und beobachtete die Menschen, die zum Strand gingen oder von dort zurückkamen.

»Fühlst du dich dazu in der Lage, einige Fragen zu beantworten?«, wollte Enno wissen.

Andersen wischte sich den Schweiß von der Stirn: »Sicher, wenn ich helfen kann … Luisa hat immer in meiner Pension gewohnt, wenn sie auf der Insel war. Sie hatte stets dasselbe Zimmer, dort fühlte sie sich zu Hause. Und abends hat sie manchmal mit mir ein Bier getrunken, wenn sie von der Arbeit kam.«

Er warf einen sehnsuchtsvollen Blick auf den Eingang seiner Pension – als ob er hoffte, dass Luisa Stroth gleich durch diese Tür treten würde.

»Also kann man sagen, dass du mit Luisa etwas engeren Kontakt hattest?«, forschte Enno.

Der Pensionswirt nickte. »Ja, denn sie hat ja jede Woche bei mir übernachtet – also in meiner Pension. Sie reiste immer dienstags mit der Frühfähre an, um ab 10 Uhr tätowieren zu können. Dann arbeitete sie durchgehend am Dienstag und Mittwoch, bis sie donnerstags mit dem ersten Schiff wieder nach Emden zurückkehrte. – Da habe ich mich dann immer schon auf die nächste Woche gefreut. Ich habe zwar auch noch andere Stammgäste, aber die kommen ja immer nur für 14 Tage oder drei Wochen nach Borkum.«

»Da heute Dienstag ist, müsste Luisa heute erst angereist sein«, stellte die Kommissarin fest. »Hast du sie getroffen oder ist sie vom Fährhafen aus direkt zu ihrem Studio gefahren?«

»Luisa kam wieder mit der ersten Fähre an, hat aber nur kurz ihr Gepäck abgestellt, um dann pünktlich im Frisörladen sein zu können«, murmelte Andersen. Er fügte hinzu: »Und sie kündigte mir große Neuigkeiten an, die sie mir aber heute Abend – also jetzt – in Ruhe beim Bier erzählen wollte …«

Seine Augen wurden feucht; es war offensichtlich, dass die Tätowiererin für Andersen mehr gewesen war als ein normaler Gast. Der Pensionswirt war seit Jahren verwitwet; ob er für Luisa Freundschaft empfunden hatte – oder mehr?

»Wenn Luisa mit der Frühfähre eingetroffen ist und um 10 Uhr ihren ersten Tattoo-Termin hatte, wird es eine Begegnung zwischen Tür und Angel gewesen sein«, vermutete Enno. »Wie hat sie auf dich gewirkt?«

Andersen ließ sich mit der Antwort etwas Zeit: »Einerseits war sie aufgekratzt wegen der Veränderungen, von denen sie mir berichten wollte, andererseits wirkte sie nervös und fahrig – als ob sie jemand verfolgen würde. Sie schaute sich jedenfalls mehrmals um, daran erinnere ich mich genau.«

Mona war hellhörig geworden: »Ist dir jemand in der Umgebung aufgefallen? Jemand, der nicht hierher gehört?«

Kaum hatte die Kommissarin diese Frage gestellt, als sie ihr selbst absurd vorkam. Allein im Umkreis von einem Kilometer gab es mehrere Übernachtungsmöglichkeiten für Touristen: Pensionen, Hotels, Privatzimmer und Ferienhäuser. Auf die wenigen Tausend ständigen Insulaner kamen Jahr für Jahr eine Viertelmillion Besucher, nämlich Urlauber und Kurgäste. Die allermeisten Menschen, denen man auf Borkum begegnete, waren nur kurze Zeit dort. Entsprechend dürftig fiel Andersens Antwort aus.

»Du weißt ja, wie es ist, Mona. An meinem Grundstück kommen täglich bestimmt mehrere Hundert Sonnenhungrige vorbei, die es an den Strand zieht. Von denen hat sich keiner seltsam verhalten. Und meine momentanen Pensionsgäste sind auch alle ganz pflegeleicht. – Glaubst du, dass einer von ihnen etwas mit Luisas Tod zu tun haben könnte?«

Immerhin konnte man als Bewohner der *Pension Andersen* das Privatleben der Tätowiererin unauffällig ausspähen. Es war ja nicht gesagt, dass Luisa die Person gekannt hatte, von der sie erschossen worden war. Jedenfalls durfte man nicht automatisch davon ausgehen.

»Wir brauchen jedenfalls eine Gästeliste von dir«, sagte Mona.

»Natürlich, das ist kein Problem.«

»Worüber hast du dich während Luisas letzten Aufenthalten mit ihr unterhalten?«, wollte Enno wissen.

Der Pensionswirt verschränkte die Finger seiner auf seinem Bauch ruhenden Hände ineinander und senkte das Kinn auf die Brust. Er schien stark nachzudenken: »Eigentlich haben wir nur über Allgemeines geplaudert: Ob die Saison besser wird als die letzte, und ansonsten allgemeinen Inseltratsch … aber wenn ich jetzt darüber nachdenke, hat eine Sache Luisa besonders aufhorchen lassen.«

»Und was war das?«, fragte Mona.

»Ich hatte morgens beim Bäcker das Gerücht aufgeschnappt, dass Tammo – also Fleur Doorns Ehemann – mit einer anderen

Frau in den Dünen gesehen worden sein soll. Ich habe Luisa nur aus Spaß davon erzählt, weil ich eigentlich nicht glaube, dass es stimmt. Ich wollte ihr nur beweisen, dass die Menschen sich aus Langeweile die unmöglichsten Dinge ausdenken. Aber Luisa fand es nicht witzig. Ich sagte mir, dass sie wahrscheinlich mit der Frisörin befreundet sei. Es war unangebracht von mir, dieses Gerücht weiterzutragen. Also wechselte ich schnell das Thema, worüber sie froh zu sein schien.«

Und wieder fiel Tammos Name. Was sollte die Kommissarin von dieser Information halten? Handelte es sich um eine faustdicke Lüge oder ging Tammo wirklich fremd – vielleicht sogar mit der Kosmetikerin, die er gern als Mieterin im Salon seiner Frau sehen wollte? Aber wieso sollte dieser Umstand etwas mit Luisas Tod zu tun haben? Sie stellte die Überlegung für den Moment zurück.

»Wir möchten jetzt gern Luisas Zimmer sehen«, bat Enno.

»Sicher, ich bringe euch hoch.«

Andersen erhob sich so mühsam, wie ein hochbetagter Greis es getan hätte. Er führte die Kommissare in den ersten Stock seiner Pension. Auf den Korridoren roch es nach zitronenhaltigem Reinigungsmittel. Die Türen waren mit altmodischen Metallschlössern versehen, die auch ein wenig begabter Einbrecher innerhalb kürzester Zeit hätte knacken können. Andersen öffnete den Ermittlern mit seinem Generalschlüssel und trat zur Seite, um sie hineinzulassen. Das schlauchförmige Zimmer verfügte über ein kleines Fenster. Von dort aus hatte man die Süderstraße bis zum Lokal *Heimliche Liebe* auf der einen und bis zu der Bahnlinie auf der anderen Seite im Blickfeld. Im Raum selbst befanden sich nur ein schmales Metallbett, ein Nachtschrank, ein Holzspind und ein Mini-Schreibtisch nebst Lehnstuhl. Die Kommissare zogen Latexhandschuhe über und begannen mit der Durchsuchung. Mona wusste allerdings nicht, wonach sie Ausschau halten sollte. Warum hatte Luisa überhaupt sterben müssen? War es der Racheakt eines besitzergreifenden Mannes, der eine Zurückweisung weder beruflich noch privat hinnehmen konnte? Oder waren es ganz andere Gründe, die zum gewaltsamen Tod der Tätowiererin geführt hatten? Mona machte sich bewusst, wie wenig sie über das Opfer wusste.

Und trotzdem nennst du dich ihre Freundin!, warf die Kommissarin sich selbst vor.

»Halt die Klappe!«

»Wie bitte?«

»Du warst nicht gemeint, Enno – ich habe nur laut gedacht.« Mona arbeitete weiter und tastete im Kleiderschrank zwischen der Wäsche. Dort fühlte sie einen harten Gegenstand. Es war ein Diktiergerät, darin befand sich eine Kassette. Die Kommissarin hatte nicht vor, sie in Andersens Gegenwart abzuhören. Sie zeigte Enno ihren Fund. Ihr Kollege war nicht untätig geblieben, hatte den Nachtkasten durchsucht und auch unter der Matratze nachgeschaut – vergeblich. Der Pensionswirt war zwischenzeitlich verschwunden und kehrte nun mit der Liste seiner Gäste zurück.

»Konntet ihr etwas entdecken?«, fragte er wissbegierig. Mona hatte den Beweismittelbeutel unter ihre Bluse geschoben. Sie mochte Andersen, aber er musste nicht alles erfahren. Die Erfahrung hatte sie gelehrt, dass auch höchst sympathisch wirkende Menschen zu Verbrechen fähig waren.

»Wir halten dich auf dem Laufenden, Arnold. – Hat Luisa eigentlich auf ihrem Zimmer Besuch empfangen?«

»Wenn ja, dann weiß ich davon nichts«, gab der Pensionswirt zurück, wobei er plötzlich etwas zugeknöpft wirkte. Ob diese Aussage der Wahrheit entsprach? Mona beschloss, diesen Punkt für den Moment nicht weiter zu verfolgen. Nachdem die Kommissare das Gebäude verlassen hatten, kehrten sie zur Polizeistation zurück, wo Mona gewohnheitsmäßig ihr Fahrrad parkte. Das tat sie auch an ihren freien Tagen, denn für den Weg vom Ortszentrum bis zu ihrem Haus in der Grönlandstrate benötigte man zu Fuß fast eine halbe Stunde, während die Strecke mit dem Rad innerhalb von sechs Minuten bewältigt werden konnte.

»Du kennst Arnold schon viel länger, als ich es tue, Enno. Denkst du, dass er uns die ganze Wahrheit gesagt hat?«

»Ich weiß es nicht«, gestand der Oberkommissar, »auf jeden Fall hat ihn Luisas Tod schockiert. Er wünscht sich gewiss, dass wir den Mörder finden. Ich kann mir nicht vorstellen, dass er absichtlich Beweise zurückhält.«

»Abwarten und Tee trinken«, erwiderte Mona. »Ich möchte noch Frau Willms besuchen, obwohl ich natürlich auch mächtig gespannt auf das Diktiergerät bin.«

Die Rentnerin wohnte in der Steinstraße, die parallel zur Süderstraße verlief. Frau Willms öffnete, nachdem Enno bei ihr geläutet hatte. Sie lebte in einer kleinen Einliegerwohnung, die sich im Obergeschoss eines alten Rotziegelhauses befand. Frau Willms blinzelte. Sie wirkte überrascht: »Mona, du schon wieder! Und dein Kollege ist auch dabei. Was ist denn passiert?«

Sie ahnte vermutlich, dass die Ermittler ihr keinen Höflichkeitsbesuch abstatten wollten. Die Ruheständlerin schlug die flache Hand vor den Mund, als sie von dem Grund der Visite erfuhr.

»Das ist ja furchtbar, die arme Kleine! – Kommt doch herein, ich setze erst einmal einen Tee auf.«

Die Kommissare folgten ihr in die Wohnküche. Mona war eigentlich zu unruhig, um jetzt einige Tässchen des ostfriesischen »Lebenselixiers« zu trinken. Aber es brachte nichts, Frau Willms zu hetzen. Sie musste sich in Ruhe erinnern, wenn ihre Aussage die Ermittlungen voranbringen sollte. Mona und Enno nahmen am Küchentisch Platz, auf dem eine bunte Wachstuchdecke lag. Der Raum war auf eine liebenswürdig altmodische Art gemütlich. Mona konnte sich vorstellen, dass die Seniorin hier einen großen Teil ihrer Zeit verbrachte und das Wohnzimmer nur als »gute Stube« benutzte. Nachdem die Kommissare mit Tee versorgt worden waren, sagte Mona: »Versuchen Sie bitte, sich genau an Ihren heutigen Frisörbesuch zu erinnern. Ist Ihnen etwas Besonderes aufgefallen? War etwas anders als sonst?«

»Ich weiß nicht, worauf du hinauswillst, Mona. So oft lasse ich mir keine neue Dauerwelle machen.«

Die Kommissarin hatte keine Probleme damit, von einer älteren Frau geduzt zu werden – obwohl sie Frau Willms weiterhin siezte. Sie sagte: »Erinnern Sie sich einfach an Ihr Bauchgefühl. Manchmal erscheinen Dinge seltsam oder unangenehm, ohne dass man dafür einen genauen Grund nennen könnte.«

Die Rentnerin nickte langsam und schaute versonnen auf den ausgeblichenen Wandkalender mit Sonnenuntergang-Motiv.

»Während Fleur sich um meine Haare kümmerte, schlich mehrmals so ein mickriger Mann am Schaufenster vorbei. Das war schon auffällig. Ich fragte die Frisörin scherzhaft, ob sie einen heimlichen Verehrer hätte. Aber sie lachte nur und sagte, dass der Kerl öfter dort herumlungern würde.«

»Das hört sich nicht so an, als ob dieser Mann Fleur geängstigt hätte«, meinte Mona.

»Nee, aber das kann auch daran liegen, dass Tammo sie immer von der Arbeit abholt. Er ist ja ein großer starker Kerl«, erwiderte Frau Willms. Ob es sich bei dem »Mickrigen« um ›Don‹ handelte? Die Kommissarin bat um eine genauere Beschreibung. Die Seniorin zuckte mit den Schultern: »So genau habe ich den Kerl gar nicht gesehen. Mir ist nur aufgefallen, dass er keinen Bart trug und eine Halbglatze hatte.«

»Könnten Sie mir einen Gefallen tun, Frau Willms? Falls Sie die Person noch einmal bemerken, wäre ich für einen Anruf dankbar.«

Mit diesen Worten legte Mona eine ihrer Visitenkarten auf den Küchentisch. Die Rentnerin warf ihr einen ängstlichen Blick zu: »Dieser Mann – ist er gefährlich?«

»Wir wollen nur mit ihm reden«, versicherte die Kommissarin. Aber sie war sicher, dass es ›Don‹ war, der Luisa auch auf Borkum nachgestellt hatte.

Kapitel 5

Es gelang den Ermittlern, Frau Willms wieder einigermaßen zu beruhigen – insbesondere, weil sie befürchtete, ihrerseits selbst von dem Verdächtigen wiedererkannt zu werden.

»Als Sie unter der Trockenhaube saßen, konnte man doch nur wenig von Ihrem Gesicht sehen«, verdeutlichte Mona der Zeugin. »Und als Sie den Frisörladen verließen, war der Mann bereits wieder verschwunden. Das waren Ihre eigenen Worte.«

Nach einiger Zeit konnten die Kommissare sich loseisen. Nachdem sie Frau Willms einen guten Abend gewünscht hatten, gingen sie zur Wache.

»Laut Fleurs Angaben war der Maskierte ungefähr eins achtzig groß«, dachte Mona laut nach. »Diese Länge passt nicht zu einem abgebrochenen Riesen, wie ›Don‹ es anscheinend ist.«

»Du weißt doch, wie unzuverlässig Zeugenaussagen sein können«, erinnerte ihr Kollege.

Sie nickte. Mit Schrecken erinnerte sie sich an den Mordfall mit dem Mönch, als eine Pfadfindergruppe zu einer verdächtigen Person mehrere völlig unterschiedliche Angaben gemacht hatte.

»Wie auch immer – die Worte von Schöller und der Schwester sollten uns zu denken geben, Enno. ›Don‹ ist offenbar jemand, den Luisa durchs Tätowieren kennengelernt hat. Es muss doch möglich sein, den echten Namen dieses Bürschchens herauszubekommen.«

»Wir könnten morgen noch einmal mit Schöller sprechen«, schlug der Oberkommissar vor. »Als wir ihn uns das erste Mal vorgeknöpft haben, wussten wir ja noch nicht, dass ›Don‹ anscheinend so eine Art Lehrmeister für die Tätowiererin gewesen ist. – Jetzt möchte ich aber endlich erfahren, was auf dem Diktiergerät zu hören ist.«

»Das geht mir genauso«, versicherte Mona.

Nachdem die Ermittler in ihrem Büro angekommen waren, drückte sie sofort auf den Wiedergabeknopf des Geräts. Für einige Momente war nur Rauschen zu hören, und die Kommissarin befürchtete schon, dass es überhaupt kein verwertbares Material gab. Aber dann ertönte eine jung klingende Frauenstimme.

»Es ist so cool, dass du jetzt auf Borkum tätowierst, Luisa.«

»Ja, ich mag die Insel sehr. – Kann ich loslegen?«

Mona lief ein kalter Schauer über den Rücken, als sie die Stimme ihrer toten Freundin erkannte. Aber wenn diese Bandaufnahme dazu beitragen konnte, das Rätsel von Luisas gewaltsamem Tod zu lösen, dann sollte es ihr recht sein. Wer war die Frau, die von der Tätowiererin behandelt wurde? Die Kommissarin hoffte, es im weiteren Verlauf herauszufinden. Aber – warum hatte Luisa diesen Mitschnitt überhaupt gemacht? Wusste die Kundin, dass ein Band mitlief? Vorerst war nur das sonore Geräusch der Tätowiernadel zu hören.

»Ist der Schmerz auszuhalten?«, fragte Luisa.

»Es soll ja ein ziemlich großflächiges Motiv werden, aber ich vertraue dir blind«, versicherte die Kundin, »und ich hab ja schon ein paar echte Hingucker auf meinem Körper, oder?«

»Ja, die Dschungellandschaft auf deiner linken Schulter gefällt mir«, erwiderte Luisa, »die könnte glatt von mir stammen.«

»Die hab ich mir in Amsterdam machen lassen, und ich war auch total zufrieden mit dem Künstler – aber dann ist er spurlos verschwunden. Zum Glück hab ich ja dich kennengelernt. – Tust du mir einen Gefallen? Es kann sein, dass mein Freund gleich anruft, er hat momentan viel Stress. Es wäre gut, wenn du dann kurz rausgehen könntest.«

»Kein Problem«, versicherte die Tätowiererin, »ich kann so lange vorn bei Fleur einen Kaffee trinken.«

Nach diesem Wortwechsel war ungefähr zehn Minuten lang nur das Summen der Nadel zu hören, nur gelegentlich stöhnte die bisher namenlose Kundin ein wenig – offenbar verursachte ihr die Behandlung doch mehr Schmerzen, als sie sich zunächst hatte eingestehen wollen. Mona dachte über die bisher gehörten Worte nach. Hatte Luisa gewusst oder geahnt, dass ihre Kundin ungestört sein wollte? Ließ sie deshalb das Diktiergerät mitlaufen? Aber zu welchem Zweck? Plötzlich war auf dem Band ein Klingelton zu hören, woraufhin das Geräusch der Tätowiernadel abbrach.

»Ich bin kurz draußen – du kannst mich ja rufen, wenn du fertig bist.«

»Danke, Luisa. Du bist die Beste«, versicherte die Unbekannte. Nun klappte die Tür des Behandlungsraums, und gleich darauf nahm die junge Frau das Gespräch an. Ihr Tonfall hatte sich geändert, sie klang nun einschmeichelnd und flirtend.

»Hallo, Schatz! Es ist sooo schön, dass du dich meldest. – Ja, ich weiß doch, dass deine Frau nichts erfahren darf. Aber wir waren bisher immer vorsichtig, warum soll das nicht weiterhin funktionieren? – Sicher, der Kauf des Ferienhauses an der Sophienstraße ist ein großer Schritt. Und mir ist klar, dass ich dich dort nicht besuchen kann. Aber du könntest Ulrike erzählen, dass du zum Hochseeangeln fährst. Du hast doch gesagt, dass ihr auf schaukelnden Booten immer schlecht wird, da wird sie nicht mitkommen wollen. Und dann hätten wir ein paar Stunden für uns. – Ja, ich bin wieder in der *Pension Andersen*, Zimmer 9. Wenn du durch den Hintereingang kommst, kriegt das noch nicht mal der alte Andersen mit. Der sitzt abends sowieso immer auf der Terrasse und trinkt Bier mit … nein, das verrate ich noch nicht. – Nein, nicht mit mir. Ich will nur dich, das weißt du doch. Ich habe eine Überraschung für dich, die wird dich umhauen. Schreibst du mir kurz, bevor du kommst? Alles klar, ich liebe dich auch. Küsschen.«

Luisas Kundin hatte mit gedämpfter Stimme gesprochen, dennoch waren ihre Worte deutlich zu verstehen gewesen. Es entstand eine kurze Pause, danach rief sie mit größerer Lautstärke die Tätowiererin wieder herein. Luisa setzte ihre Arbeit fort, aber die von ihr verschönerte junge Frau wurde immer einsilbiger. Es dauerte noch eine Weile, bis die Behandlung beendet war – aber weitere Informationen kamen nicht mehr. Mona stellte das Diktiergerät wieder ab.

»Weder die Geliebte noch ihr verheirateter Freund geben ihre Namen preis«, stellte Enno fest, »aber beides lässt sich leicht herausfinden: Wir müssen Arnold nur fragen, wer aktuell oder in letzter Zeit in Zimmer 9 gewohnt hat. Und bei dem *Sugardaddy* ist es noch einfacher. Die Sophienstraße ist ziemlich kurz, allzu viele Ferienhäuser können dort nicht den Besitzer gewechselt haben. Wahrscheinlich reicht ein Besuch bei Steen, um das herauszufinden.«

So hieß ein Immobilienmakler, mit dem die Kommissare gut bekannt waren. Mona verpackte das Diktiergerät wieder in den Beweismittelbeutel und erwiderte: »Ja, die Namen werden nicht das Problem sein. Die Preisfrage lautet vielmehr, warum Luisa diese heimliche Aufnahme gemacht hat. Ich fürchte, dass mir die naheliegendste Antwort nicht gefallen wird: Sie wollte den Geliebten ihrer Kundin erpressen.«

»Ja, das erscheint auch mir als eine realistische Möglichkeit«, stimmte der Oberkommissar zu. »Ich habe mir gerade überlegt, was für Ferienhäuser in der Sophienstraße stehen. Sie sind alle recht hochpreisig. Wer dort also ein Objekt erworben hat, muss über das nötige Kleingeld verfügen.«

»Und bekanntlich leben Erpresser – oder Erpresserinnen – gefährlich«, meinte Mona. Sie fuhr fort: »Es würde aber ins Bild passen, oder? Luisa wird diesen ›Don‹ nicht los, er klebt wie eine Klette an ihr. Sie will vielleicht wirklich alle Brücken hinter sich abbrechen, und dafür ist ein gewisses Startkapital von Vorteil. Mit ihrem Talent hätte sie überall auf der Welt ein neues Tattoo-Studio aufmachen können. Vielleicht war das die große Neuigkeit, die sie Andersen mitteilen wollte, bevor der Mörder ihre Pläne durchkreuzt hat.«

»Scheinbar haben wir morgen eine Menge zu tun«, meinte Enno.

*

Der nächste Tag begann erfreulich, weil Mona in der Dämmerung ihre übliche Hunderunde mit Rufus drehte. Sie liebte es, wenn die Sonne über dem Nordseehorizont aufging und ihre Strahlen ein Glitzern auf die Wellenkämme zauberten. Um diese Zeit war die Insel noch ruhig, bevor der Hochsaisontrubel losging. Nach der Rückkehr vom Hundestrand brachte die Kommissarin ihren Rüden zu Lisa Suttrup, die im Nachbarhaus wohnte und ebenfalls einen Vierbeiner besaß. Rufus und Charlie waren die besten Freunde. Jan schlief noch, da er bis nach Mitternacht in seiner *Nordsee Kajüte* gearbeitet hatte. Während Mona sich ein schnelles Frühstück zubereitete, ging sie die bisher bekannten Fakten zu ihrem aktuellen Fall noch einmal durch. An Ermittlungsansätzen herrschte kein Mangel; trotzdem kam es ihr so vor, als ob sie einen entscheidenden Punkt übersehen hatte. Es geschah selten, dass sich ein Mord so unmittelbar in ihrer Nähe abspielte. Obwohl sie objektiv gesehen die Tat wohl nicht hätte verhindern können, litt sie unter ihrem schlechten Gewissen. Hätten die Ereignisse eine andere Wendung genommen, wenn Mona der Ursache für Luisas Furcht energischer auf den Grund gegangen wäre?

»Ihre Angst muss nichts mit ihrem Tod zu tun gehabt haben, du dumme Nuss!«, sagte die Kriminalistin zu sich selbst, bevor sie ihre Tasse und das Frühstücksbrettchen in den Geschirrspüler stellte und das Haus verließ.

Als sie pünktlich die Polizeistation erreichte und ihr Büro betrat, sagte Enno: »Moin, ich wollte dich gerade anrufen. – Die Kriminaltechniker konnten Luisas Smartphone entsperren.«

»Endlich!«, stieß die Kommissarin hervor. Das letzte Telefonat auf der Anrufliste war jenes gewesen, das die Tätowiererin bei Monas Eintreffen geführt hatte. Die Dauer des Gesprächs betrug sieben Minuten und elf Sekunden – es war also kaum anzunehmen, dass sich jemand verwählt hatte.

»Wenn ich ein Verbrecher wäre und Übles vorhätte, würde ich für meine Anrufe ein Prepaidhandy benutzen«, meinte Enno, der seiner Kollegin über die Schulter schaute.

»Mal den Teufel nicht an die Wand«, gab sie zurück, obwohl sie seiner Überlegung zustimmte. Mona versuchte trotzdem, die Nummer anzurufen – vergeblich. Das Gerät war entweder ausgeschaltet oder – was sie für wahrscheinlicher hielt – lag bereits auf dem Grund der Nordsee. Sie stieß einen Fluch aus.

»Nimm es nicht so schwer«, tröstete Enno sie, »wir haben andere vielversprechende Hinweise. – Beim Frühstück habe ich die Gelegenheit genutzt, um meinen Zugang zur Borkumer Gerüchteküche anzuzapfen.«

»Das hast du schön gesagt«, erwiderte Mona lächelnd, »und was konnte Birte vermelden?«

»Meine Frau hat gehört, dass Tammo Jepsen-Doorn ziemlich in der Zwickmühle steckt. Fleur hat einen kostspieligen Geschmack, was Schmuck und Kleidung angeht. Tammos Lohn bei dem Fahrradverleih ist eher bescheiden, und ob der Frisörladen genug Geld abwirft, darf zumindest bezweifelt werden. Und seine Freundin – falls er denn wirklich eine hat – stellt sicher auch Ansprüche.« Enno unterbrach sich selbst, schaute seine Kollegin prüfend an und fragte: »Was hat dieser Gesichtsausdruck zu bedeuten?«

»Du kannst doch normalerweise immer meine Gedanken lesen«, meinte Mona augenzwinkernd. Dann fügte sie hinzu: »Ich habe überlegt, ob auch Tammo durch seine Affäre erpressbar geworden ist – falls Luisa nämlich in Erfahrung bringen konnte, dass auch er fremdgeht.«

Der Oberkommissar hob seine breiten Schultern: »Theoretisch wäre das möglich, aber einem nackten Mann kann man nicht in die Tasche fassen.«

»Finanziell mag bei Tammo nichts zu holen sein, aber er könnte von Luisa verlangt haben, ihr Studio im Salon seiner Frau aufzugeben. Und wenn sie nun im Gegenzug gedroht hätte, Fleur über seine Affäre zu informieren?«, dachte Mona laut nach.

Enno war nicht ganz überzeugt: »Gut, es ist nachvollziehbar, dass er als Ehemann von Fleur den Mord wortlos begehen muss, damit sie ihn nicht an der Stimme erkennt. Und dass er seine Frau nicht ebenfalls erschießt, sondern nur einsperrt, ergibt ebenfalls einen Sinn. Aber du hast doch erzählt, dass Luisa ein Wort mit D am Anfang von sich gegeben hätte, als du nach dem Täter fragtest.«

»Darüber habe ich auch noch einmal nachgedacht, Enno – und ich bin mir jetzt nicht mehr hundertprozentig sicher. Sie war in dem Moment schon sehr schwach, und ob es ein D oder ein T war – dafür möchte ich meine Hand nicht ins Feuer legen.«

»Es kann jedenfalls nichts schaden, wenn wir Fleur und Tammo befragen – und zwar unabhängig voneinander«, sagte der Oberkommissar. »Die Spurensicherung ist im Frisörladen fertig, von daher kann er wieder geöffnet werden.«

»Tammo war beachtlich schnell vor Ort, als ich ihn nach dem Mord angerufen habe«, stellte Mona fest. »Das bedeutet: Er kann nicht an seinem Arbeitsplatz gewesen sein. Ein Auto besitzt er nicht, und selbst mit einem Taxi wäre er nicht so schnell beim Frisörladen gewesen. Also befand er sich in unmittelbarer Nähe zum Tatort. Allerdings kann ich mir Tammo beim besten Willen nicht als Mörder vorstellen.«

»Als du noch nicht auf Borkum gearbeitet hast, wurde Tammo wegen einer schweren Körperverletzung zu einer Haftstrafe verurteilt«, berichtete Enno. »Er war damals noch nicht mit Fleur verheiratet, außerdem wurde er provoziert. Seitdem hat er sich nichts mehr zuschulden kommen lassen. Ich will damit sagen, dass man ihm eine Gewalttat grundsätzlich zutrauen kann. Außerdem wäre es auch möglich, dass er Luisa gar nicht töten, sondern ihr nur einen riesigen Schrecken einjagen wollte – damit sie freiwillig die Insel verlässt.«

An diese Variante hatte Mona noch gar nicht gedacht, aber sie spann den Faden weiter: »Laut Dr. Siemers hat der Täter die Waffe aufgesetzt. Vielleicht hat Luisa ja versucht, sie wegzustoßen – und dabei hat sich der Schuss gelöst. Eine Einschüchterung würde ich Tammo jedenfalls eher zutrauen als einen eiskalten Mord.«

»Er ist eigentlich kein schlechter Kerl«, meinte der Oberkommissar, »und meines Wissens kennt er sich überhaupt nicht mit Schusswaffen aus. Ich will ihn nicht in Schutz nehmen – aber ich könnte mir vorstellen, dass die Pistole oder der Revolver versehentlich abgefeuert wurde. Falls er Luisa wirklich auf dem Gewissen hat, dann wird die Tat sicher nicht spurlos an ihm vorbeigegangen sein.«

Auch Mona hielt Tammo nicht für einen Mann, der seine Gefühle gut verbergen konnte – schon gar nicht, wenn er eine so große Schuld auf sich geladen hatte. Die Kommissare verließen die Polizeistation, um ihn an seinem Arbeitsplatz aufzusuchen. Sie fuhren mit ihrem Dienstwagen auf der Reedestraße Richtung Hafen.

»In vielen Fällen können wir darauf hoffen, dass sich Hautschuppen des Täters unter den Fingernägeln des Opfers befinden«, stellte Mona fest, »aber bei Luisa ist das leider nicht möglich.«

»Ja, ich habe gesehen, dass die Tote schwarze Latexhandschuhe trug. Warum eigentlich diese Farbe? Ist das eine Modeerscheinung?«

»Nee, das hat durchaus seinen Sinn, Enno. Und es sind Nitril-handschuhe, die haben eine größere Festigkeit und Dehnbarkeit als Latex. Sie sind schwarz, weil man auf ihnen Blut- oder Farb-flecken nicht so gut sieht – also kann man sich besser auf das Tätowieren konzentrieren.«

»Interessant. Jedes Handwerk hat eben seine Kniffe. – Was für ein Bild wolltest du dir eigentlich verpassen lassen?«

»Ein Hufeisen.«

Hoffentlich fragt Enno nicht, wo das Motiv platziert werden sollte, dachte Mona. Sie war zwar nicht prüde, aber alles musste sie ihrem Kollegen ja nun nicht erzählen. Zum Glück ließ er das Thema auf sich beruhen, denn nun hatten sie den Fahrradverleih erreicht. Er befand sich an der Juister Strate, nur einen Steinwurf weit vom Fährhafen entfernt. Sportliche Urlauber konnten sich dort gleich ein Zweirad oder ein Tandem für ihren Borkum-Aufenthalt mieten. Nachdem Enno geparkt hatte, betraten sie das Ladenlokal. Es roch nach Gummireifen und Schmieröl. Moun-tainbikes, Räder mit tiefem Einstieg und natürlich die inzwischen sehr beliebten Pedelecs standen für die Kunden bereit.

»Moin!«, rief Enno laut. Beim Eintreten der Kommissare war keine Menschenseele anwesend, zumindest nicht auf der Fahrrad-Lagerfläche. Aber nun erklang ein hektisch klingendes Geflüster – von zwei Stimmen. Gleich darauf kam Tammo aus dem Hinter-zimmer. Er atmete schwer und wirkte im ersten Moment er-schrocken, als er die Kriminalisten erblickte.

»Moin! Äh, gibt es was Neues über Fleurs Frisörsalon?«

Mona reagierte nicht auf seine Worte. Sie drehte sich auf dem Absatz um, rannte hinaus. Sie war eine Frau der schnellen Ent-schlüsse. Die Kommissarin wollte erfahren, mit wem Tammo so-eben getuschelt hatte. Ihr Instinkt hatte sie nicht getäuscht. Eine Frau wollte gerade durch den Hinterausgang verschwinden.

»Polizei! Bleiben Sie bitte mal stehen?«

Monas Ruf war laut und deutlich gewesen. Die Flüchtende stellte ihre Ohren trotzdem auf Durchzug, aber damit kam sie bei der Kommissarin gerade an die Richtige. Mona legte einen Sprint hin und versperrte der Fremden den Weg. Die Frau war schät-zungsweise Anfang zwanzig, mit ihren aufgespritzten Lippen und den langen glatten blonden Haaren entsprach sie einem aktuellen Schönheitsideal. Sie trug Jeansshorts und ein weißes bauchfreies Top. Das Piercing am Bauchnabel durfte natürlich auch nicht fehlen. Ihr Gesicht war ansonsten ziemlich auswechselbar. Mona war nicht sicher, ob sie diese Blonde inmitten einer Gruppe von ähnlich gestylten Frauen wiedererkannt hätte. Die Ermittlerin zeigte ihren Dienstausweis: »Ich bin Kommissarin Sander von der Borkumer Polizei. Und ich frage Sie, was Sie gerade in diesem Gebäude zu suchen hatten!«

Blondie verschränkte die Arme vor der Brust. Zögernd antwortete sie: »Ich wollte mir ein Rad leihen, das ist ja wohl nicht verboten!«

»Nee, natürlich nicht. Ein Rad leiht man sich beim Radverleih, das kapiert jeder. Was ich nicht verstehe: Wo ist es denn, das geliehene Rad? Haben Sie es in der Hosentasche? – Jetzt ist Schluss mit der Märchenstunde, wir gehen gemeinsam in den Laden zurück.«

»Und wenn ich nicht will?«, zickte die junge Frau. Mona hatte keine Handhabe, um sie festzuhalten. Es konnte sich wirklich um eine Person handeln, die mit dem Fall überhaupt nichts zu tun hatte. Aber Monas Instinkt sagte ihr etwas anderes.

»Wenn Sie nicht wollen, dann lasse ich Sie Ihrer Wege gehen«, versicherte die Kommissarin, »aber erst, nachdem Sie mir Ihren Personalausweis gezeigt haben. Ich führe nämlich eine allgemeine Personenkontrolle durch. Es hat hier auf Borkum einen Mordfall gegeben, wir müssen den Menschen ihr Sicherheitsgefühl zurückgeben.«

»Ein Mord? Oh, wie schrecklich!«, heuchelte die Blonde. An diesem Morgen hatte die Neuigkeit vom gewaltsamen Tod der Tätowiererin längst auf der ganzen Insel die Runde gemacht. Es war äußerst unwahrscheinlich, dass die Frau noch nichts davon gehört hatte. Sie öffnete widerwillig ihre Handtasche, die ein Imitat einer sündhaft teuren italienischen Nobelmarke war. Daraus fischte sie einen Personalausweis hervor. Sie reichte Mona das Dokument mit spitzen Fingern – so, als ob sie sich davor ekeln würde.

Die Kommissarin notierte: »Janina Glettner aus Delmenhorst. Verbringen Sie hier Ihre Ferien? – Und wir setzen uns jetzt endlich in Marsch. Oder brauchen Sie eine Extraeinladung?«

Janina Glettner knickte vor Monas resoluter Art ein, worüber die Kommissarin sich nicht wunderte. Sie hielt ihr Gegenüber nicht für eine Kämpfernatur. Deshalb versuchte sie gleich noch ihre berüchtigte Überrumpelungstaktik: »Nehmen Sie eigentlich noch Neukundinnen an? Sie sind doch Kosmetikerin, oder?«

»Woher wiss…«

Die Worte waren Janina Glettner herausgerutscht. Sie sah so aus, als ob sie sich am liebsten auf die Zunge gebissen hätte. Mona lachte und hakte sich bei ihr unter: »Dachte ich mir! Wir sind doch in kürzester Zeit die besten Freundinnen geworden, oder?«

Während sie diese Sätze von sich gab, zog sie die Kosmetikerin mit sich in den Fahrradverleih. Enno grinste breit, als er die beiden Frauen erblickte. Tammo hingegen sah so aus, als ob er am liebsten im Boden versunken wäre. Mona gab Janina Glettner ihren Personalausweis zurück und sagte: »Ich schlage vor, dass wir die Lügen und Ausflüchte einfach weglassen. – Tammo, du betrügst Fleur mit dieser Kosmetikerin. Gib es doch einfach zu!«

Tammo rang nach Atem, als ob ihm jemand die Luftzufuhr abgeschnitten hätte. Dann rief er: »Du spinnst doch, Mona! Ich bin glücklich verheiratet – gegen Fleur hätte die da doch gar keine Chance!«

Er zeigte mit dem Finger auf Janina Glettner, wobei seine Empörung wenig überzeugend wirkte. Mona hätte nicht sagen können, wer der schlechtere Mime war: Tammo oder seine Geliebte. Aber Janina Glettner fühlte sich wirklich gekränkt: »Was soll das heißen, du Dreckskerl? Du wolltest Fleur für mich verlassen, war das etwa alles gelogen?«

»Das denken Sie sich nur aus, ich kenne Sie gar nicht!«, behauptete Tammo. Wäre es nicht um einen Mordfall gegangen, dann hätte Mona diesen Wortwechsel amüsant gefunden und gern weiterverfolgt. Aber dafür war keine Zeit.

»Frau Glettner, mit Ihnen unterhalte ich mich später unter vier Augen. Geben Sie mir Ihre Mobilnummer und Ihre Adresse, dann treffen wir uns später.«

Mona trug ihre Bitte so energisch vor, dass man eher von einem Befehl sprechen konnte.

Die Kosmetikerin sträubte sich jedenfalls nicht. Sie nannte eine Zahlenfolge, nämlich ihre Telefonnummer. Wohnhaft war sie in der *Villa Kranich*, wo sich viele Saisonkräfte von Mai bis September einquartierten.

»Gut, dann können Sie jetzt gehen«, sagte die Kommissarin.

Janina Glettner schien nicht unglücklich darüber zu sein, sich der Situation entziehen zu können. Beim Hinausgehen warf sie Tammo einen giftigen Blick zu.

»Da wirst du ein paar Rosensträuße und Parfüm-Flacons einsetzen müssen, bis alles wieder rosarot zwischen euch ist!«, spottete Mona.

Tammo fand ihren Spruch überhaupt nicht lustig: »Ich weiß wirklich nicht, was ich dir getan habe! Was geht die Polizei mein Privatleben an?«

Die Kommissarin antwortete nicht auf seine Frage, sondern betrachtete die Tätowierungen auf Tammos Armen: »Nette Motive, die Hexe auf dem Besen sieht mir sogar etwas ähnlich ... Welches Bild hat denn Dirk Schöller gestochen?«

Tammo spielte den Unwissenden.

»Wer soll das sein?«

Jetzt wurde Mona wirklich sauer: »Nun ist aber Schluss mit lustig, Tammo! Das hier ist keine Comedyshow, sondern eine Mordermittlung. Dirk Schöller kennt *dich* jedenfalls sehr gut – und daher wissen wir auch, dass du dein kleines Betthäschen am liebsten im jetzigen Tattoo-Studio unterbringen möchtest – übrigens eine explosive Mischung, deine Ehefrau und deine Geliebte bei der Arbeit unter einem Dach.«

»Und deshalb soll ich Luisa getötet haben?«

Seine Stimme klang entgeistert.

»Und – warst du es?«

»Nee, Mona. Es wäre für alle besser gewesen, wenn Luisa sich aus dem Frisörladen zurückgezogen hätte. Aber deshalb bringe ich sie doch nicht um.«

Mona warf ihm einen Blick zu, der so viel bedeuten konnte wie: *Du kannst uns ja viel erzählen, wenn der Tag lang ist!* Tammo schien zu spüren, dass die Kommissarin ihm nicht glaubte. Als er wieder den Mund öffnete, hörte er sich wütend an: »Ihr glaubt also wirklich, Luisa wäre ein Unschuldslamm gewesen? Nee, sie war eine Kriminelle – und die Polizei hatte davon keinen blassen Schimmer!«

Kapitel 6

Bevor die Kommissare auf diese Behauptung reagieren konnten, betrat ein Urlauberpärchen den Fahrradverleih. Da das Geschäft nicht geschlossen war, bediente Tammo die Kunden – was den Ermittlern die Gelegenheit bot, über seine Worte nachzudenken. Mona und Enno zogen sich in den hinteren Teil des Fahrradlagers zurück, während der Verdächtige die beiden Feriengäste über Vor- und Nachteile verschiedener Radtypen beriet.

»Noch wissen wir nicht, ob der Mitschnitt des Telefonats einer Erpressung dienen sollte«, stellte der Oberkommissar leise fest, »aber das werden wir schon bald herausfinden. Es wäre denkbar, dass Luisa nicht zum ersten Mal einen solchen Versuch unternommen hat.«

Mona lag die Bemerkung auf der Zunge, dass es leicht sei, eine Tote zu beschuldigen, die sich nicht mehr verteidigen konnte. Aber die Ermittlerin bremste sich rechtzeitig. Die Überlegung stammte nicht von irgendeinem Wichtigtuer, der sich mit Verbrechern nicht auskannte. Es war Enno, der diesen Gedanken geäußert hatte. Und für Mona gab es keinen Kriminalisten, der über so viel Durchblick und Diensterfahrung verfügte wie ihr Kollege. Die wichtigsten Dinge über ihren Beruf hatte sie nicht auf der Polizeischule, sondern durch die Zusammenarbeit mit Enno gelernt. Und objektiv gesehen musste man selbstverständlich überprüfen, ob Luisa sich schon in der Vergangenheit strafbar gemacht hatte – denn Erpresser gehörten zweifellos zu den Kriminellen, die am gefährlichsten lebten. Es war gut vorstellbar, dass der Mord an der Tätowiererin eine Folge ihrer eigenen dunklen Machenschaften war. Dies musste Mona sich eingestehen, ob es ihr nun gefiel oder nicht.

»Ja, ich darf meine Augen nicht vor dieser Möglichkeit verschließen«, erwiderte sie seufzend, »es fällt mir nur schwer, Luisa als eine Verbrecherin zu betrachten. Wir waren schließlich miteinander befreundet.«

»Das weiß ich«, betonte Enno und legte seine große Hand beruhigend auf ihre Schulter, »und glücklicherweise hat Oltbeck nicht mitbekommen, dass du dich privat gut mit Luisa verstanden hast. Am Ende käme er noch auf die Idee, dich von dem Fall abzuziehen. – Übrigens kann es eine völlig harmlose Erklärung für den Diktiergerät-Mitschnitt geben. Mir fällt bloß momentan keine ein.«

Mir auch nicht, dachte Mona ernüchtert. Wenn die Kommissare die junge Geliebte und ihren verheirateten »Freund« ausfindig gemacht hatten, würden sie hoffentlich besser durchblicken. Tammo hatte währenddessen seine Kunden offenbar schnell zufriedenstellen können. Sie zogen mit zwei E-Bikes ab.

»Wo ist eigentlich Henner?«, wollte Enno wissen. »Musst du den Laden momentan allein schmeißen?«

»Ja, mein Chef ist auf dem Festland, ihm wird die Gallenblase entfernt. Es soll wohl noch ein paar Tage dauern, bis er wieder auftaucht«, lautete die Antwort. Die Kommissarin hatte einmal von Enno erfahren, dass Henner Vogt seit einer halben Ewigkeit den Fahrradverleih besaß. Vor einigen Jahren hatte er Tammo eingestellt, dem er sein Geschäft während seiner Abwesenheit anvertraute.

Also hast du hier momentan sturmfreie Bude und konntest die Kosmetikerin im Hinterzimmer beglücken, dachte Mona, behielt diese Schlussfolgerung aber für sich. Borkum verfügte zwar über ein kleines Stadtkrankenhaus, aber größere Operationen wurden normalerweise auf dem Festland durchgeführt. Henner Vogt war vermutlich empfohlen worden, sich in Emden behandeln zu lassen. Der Oberkommissar sagte: »Es wäre gut, wenn du den Verleih kurz schließen könntest. Wenn wir immer wieder unterbrochen werden, dauert es ewig. Je schneller du unsere Fragen beantwortest, desto eher bist du uns wieder los.«

Tammo überlegte kurz, dann gab er sich einen Ruck: »Also gut – ich werde euch erzählen, was mir über Luisa bekannt ist.«

Er holte ein Schild mit der Aufschrift *Komme gleich wieder* und hängte es an die Eingangstür, bevor er diese abschloss. Die Ermittler folgten ihm ins Hinterzimmer, das offenbar als Aufenthaltsraum und Lager diente. Auf den bis zur Decke reichenden Metallregalen befanden sich zahlreiche Ersatzteile, von Fahrradketten bis zu Speichen oder Lampen. Auf einem windschiefen Tischchen standen benutzte Tassen, es roch nach Instantkaffee und Schmieröl. Es gab auch ein schäbiges Sofa, auf dem Tammo und Janina vermutlich noch vor Kurzem aktiv gewesen waren. Der Verdächtige nahm dort Platz, während die Kommissare sich ihm gegenüber auf zwei Klappstühle setzten.

»Es war dumm von mir, dass ich vorhin meine Bekanntschaft mit Schöller verheimlichen wollte«, gab Tammo zu.

»Selbsterkenntnis ist der erste Schritt zur Besserung«, meinte Mona augenzwinkernd. »Aber warum hast du es dann überhaupt getan? Du bist doch gar nicht so blöd, wie du aussiehst.«

Er schien sich nicht darüber im Klaren zu sein, ob ihre Worte als Beleidigung oder Anerkennung zu verstehen waren – vielleicht eine Mischung aus beidem?

»Dirk Schöller hat keine hohe Meinung von Luisa ... oder besser gesagt von ihrem Charakter«, begann Tammo. »Er brauchte sie als Tätowiererin, aber er hat mich auch vor ihr gewarnt: Ich sollte mich auf keinen Fall mit ihr einlassen.«

Also wusste Schöller, dass Tammo zu Seitensprüngen neigte? Oder ging es bei den »Männergesprächen« dieser beiden Herren generell darum, welche Frauen sich am besten herumkriegen ließen? Diese Fragen hätte Mona ihm gern an den Kopf geworfen, aber sie musste sich zurückhalten. Wenn sie Tammo zu sehr ärgerte, würde er vielleicht gar nicht mehr antworten. Also bemühte sie sich um eine neutrale Reaktion.

»Das musst du uns näher erklären«, bat sie.

»Durch Dirk habe ich davon erfahren, dass Luisa sich in ihrem gemeinsamen Studio in Emden mit einem Kunden eingelassen hat. Das wäre an und für sich kein Drama gewesen, so etwas passiert mal. Aber sie hat eindeutige Fotos von ihm gemacht und damit gedroht, sie seiner Frau zukommen zu lassen. Er hätte es abwenden können, indem er ihr ein ›Schweigegeld‹ zahlte.«

Eine klassische Erpressung also, dachte die Kommissarin grimmig. Aber noch gab es keinen Beweis für diese Behauptung. Tammos Offenherzigkeit machte sie misstrauisch: »Schön, aber wieso wusste Schöller darüber Bescheid? Luisa wird ihm gegenüber wohl nicht damit geprahlt haben: ›Dirk, ich bin mit einem Kunden ins Bett gegangen – und nun nehme ich ihn aus wie eine Weihnachtsgans!‹«

Monas Worte brachten Tammo zum Grinsen: »Nee, so war das auch nicht. Der Kerl, den Luisa um sein Geld erleichtern wollte, tauchte in Schöllers Tattoo-Studio auf, als sie gerade nicht anwesend war. Er glaubte anscheinend, dass Dirk mit ihr unter einer Decke steckte. Er soll gedroht haben, zur Polizei zu gehen. Aber dazu kam es anscheinend nicht mehr.«

»Warum nicht?«, fragte Enno.

»Dieser Kunde erlitt einen tödlichen Autounfall. Er wurde von einem betrunkenen Lkw-Fahrer abgedrängt, raste mit seinem Wagen ins Hafenbecken und ertrank, bevor Taucher zu ihm vordringen konnten. Der Fall ging durch alle Medien, weil es wohl ziemlich ungewöhnlich ist, auf diese Art ums Leben zu kommen.«

Mona überlegte: Hatte dieses Erpressungsopfer anderen Menschen von Luisas Forderung berichtet, bevor es sich an die Ordnungsmacht hatte wenden können? Sie nahm sich vor, auf jeden Fall die Kollegen in Emden zu kontaktieren.

»Tote Männer zahlen nicht, also konnte Luisa *diesem* Kunden kein Geld aus dem Kreuz leiern«, stellte die Kriminalistin fest. »Du weißt nicht zufällig, wie dieser Mann hieß?«

»Nee, den Namen hat Dirk nicht erwähnt.«

Die Ermittler würden entweder von Schöller selbst erfahren, um wen es sich gehandelt hatte – oder vom Verkehrsunfalldienst der Emder Polizei. Selbst in der Seehafenstadt kam es gewiss nicht oft vor, dass ein Autounfall mit dem Tod durch Ertrinken endete.

»Weißt du, ob Luisa noch weitere Erpressungsversuche unternommen hat?«, forschte Enno.

»Das ist der einzige, von dem ich durch Dirk erfuhr«, lautete die Antwort.

»Hattest du Sorge, dass Luisa Fleur in ihre Machenschaften hineinziehen könnte?«, fragte der Oberkommissar.

Tammo nickte: »Ich liebe meine Frau, ob ihr es mir glaubt oder nicht. Ihr Frisörladen ist keine Goldgrube. Sie vermietete an Luisa, weil sie das Geld brauchte. Da ist die Versuchung groß, sich illegale Nebeneinnahmen zu verschaffen, oder? Die Tätowiererin konnte jedenfalls sehr überzeugend sein.«

Mona musste Tammo widerwillig recht geben, zumindest bei seinem letzten Satz. Sie erinnerte sich an die erste Begegnung mit

Luisa, als sie die Tätowiererin auf Anhieb sympathisch gefunden hatte. Die Kommissarin schloss nicht leicht Freundschaften, daher war dies für sie ungewöhnlich genug gewesen. Ob von Luisas Seite Berechnung eine Rolle spielte? War es der Erpresserin von Vorteil erschienen, mit einer Polizistin befreundet zu sein? Die Kommissarin brach den Gedankengang ab und kam auf einen anderen Punkt zu sprechen: »Wo warst du gestern, als ich dich anrief und darum bat, dass du Fleur abholst?«

Tammo warf ihr einen glasigen Blick zu.

»Ihr glaubt immer noch, dass ich Luisa auf dem Gewissen habe?«

»Mona hat dir eine ganz einfache Frage gestellt«, erinnerte Enno freundlich.

»Eine Kundin rief mich an«, erwiderte Tammo zögernd. »Bei ihrem Leihrad war die Kette abgesprungen, und sie konnte den Schaden nicht selbst beheben. Also fuhr ich zu ihr, um mich darum zu kümmern. Dieser Service ist bei uns im Preis enthalten.«

»Ja, der Kunde ist König«, scherzte Mona, »und bei attraktiven Kundinnen wird man vermutlich besonders schnell aktiv, oder? Jetzt brauchen wir nur noch den Namen der Dame. Wo hast du die Reparatur eigentlich durchgeführt?«

»Direkt vor der Pension, in der sie untergekommen ist. Ich spreche vom *Gästehaus Gruber* in der Norderreihe.«

Natürlich kannte Mona den Beherbergungsbetrieb. Er gehörte Alois Gruber, der sich vor vielen Jahren während seiner Dienstzeit bei der Bundesmarine in die Insel Borkum verliebte und hiergeblieben war – für einen gebürtigen Bayern eine gewaltige Umstellung, die er aber anscheinend nie bereut hatte. Die Kommissarin rechnete im Kopf nach: Selbst wenn man extrem langsam ging, konnte man vom *Gästehaus Gruber* aus Fleurs Frisörladen innerhalb weniger Minuten erreichen. Falls also die Kundin und vielleicht noch andere Urlauber Tammos Angaben bestätigten, war er als Mordverdächtiger entlastet. Mona ließ sich den Namen und die Nummer der Frau geben, um seine Angaben überprüfen zu können.

»Du hättest Fleur auch einfach vor Luisa warnen können, wenn du so um deine Frau besorgt bist«, gab Enno zu bedenken.

»Daran habe ich gedacht, es dann aber doch nicht getan«, behauptete Tammo. »Fleur sollte nicht glauben, dass ich Luisa aus dem Laden drängen wollte, um Platz für Janina zu schaffen.«

»Obwohl du ja genau das vorgehabt hast.«

Diese Bemerkung hatte Mona sich nicht verkneifen können. War Tammo immer noch verdächtig oder nicht? Diese Frage würde sich beantworten lassen, sobald sein Alibi überprüft worden war.

»Du kannst mich meinetwegen verachten, weil ich ein Ehebrecher bin«, grollte er, »aber ein Mörder bin ich deshalb noch lange nicht. – Werdet ihr Fleur erzählen, dass Janina bei mir gewesen ist?«

»Das tun wir nur, falls es für die Aufklärung des Verbrechens notwendig sein sollte«, stellte Enno klar. »Aber wenn dir dein Eheleben so wichtig ist, dann hättest du dich gar nicht erst mit der Kosmetikerin einlassen sollen.«

Tammo bekam rote Ohren. Er schien sich tatsächlich zu schämen. Vielleicht drang der Oberkommissar mit seiner Ermahnung besser zu ihm durch, als Mona es vermocht hätte. Enno hätte vom Alter her sein Vater sein können.

»Wir melden uns wieder bei dir. – Nun werden wir erst einmal Fleur informieren, aber nicht über deine Untreue. Der Frisörsalon ist kriminaltechnisch untersucht worden, sie kann jetzt wieder arbeiten, falls ihre Nerven es erlauben«, sagte die Kommissarin.

Darauf erwiderte der Verdächtige nichts. Er schloss wenig später den Fahrradverleih wieder auf und entfernte das Schild.

»Wir sollten uns aufteilen«, schlug Enno vor. »Ich möchte dieser Emder Erpressungsgeschichte auf den Grund gehen. Es wäre gut, den Namen des Mannes zu erfahren, der im Hafenbecken ertrunken ist. Außerdem haben die Kollegen vor Ort vielleicht über ähnlich gelagerte Fälle Kenntnis, das würde mich brennend interessieren. Außerdem kann ich beim Gruber-Alois vorbeischauen und Tammos Alibi überprüfen.«

»Gruber-Alois? Du klingst schon wie ein echter Alpenjodler«, scherzte Mona. Dann fügte sie ernsthaft hinzu: »Und ich übernehme dann die beiden Damen, wie schon angekündigt?«

»So hatte ich mir das gedacht«, gab ihr Kollege zurück.

»Gut, dann kannst du mich beim Haus des Ehepaars absetzen. Ich melde mich dann bei dir, sobald ich mit Fleur und Janina gesprochen habe. – Ich hätte wirklich Lust, der Ehefrau reinen Wein einzuschenken!«

»Das würde ich an deiner Stelle bleibenlassen«, riet Enno. »Wenn Tammo über sein Verhalten nachdenkt und seine Fehler bereut, dann macht er selbst reinen Tisch. Diese Chance nimmst du ihm, wenn du Fleur informierst.«

»Ja, ich sollte nicht Schicksal spielen wollen«, murmelte die Kommissarin. Auf dem Rückweg ins Ortszentrum blieb sie einsilbig, senkte die Scheibe des Beifahrerfensters und genoss das Sonnenlicht und den salzigen Wind auf ihrem Gesicht. Tammo und Fleur lebten in einem roten Backsteinhaus, das Monas eigenem verblüffend glich. Beide Gebäude waren vor ungefähr hundert Jahren errichtet worden. Die Kriminalistin wusste aus eigener Erfahrung, wie teuer die Instandhaltung eines solchen Gemäuers war – dennoch liebte sie das Haus und wollte inzwischen nirgendwo anders leben. Sie stieg aus dem Auto und winkte Enno zu. Er hupte und fuhr weiter Richtung Norderreihe.

Mona klingelte. Es dauerte etwas, bis Fleur öffnete. Die Frisörin sah nicht so aus, als ob sie ein Auge zubekommen hätte. Ihr Gesicht war etwas aufgequollen und blass. Ob sie geweint hatte? Jedenfalls trug sie einen Bademantel, wirkte aber nicht frisch geduscht. Mona führte sich vor Augen, dass Fleur am Vortag mit einer Schusswaffe bedroht worden war. Diese Erfahrung hatte die Kommissarin selbst schon öfter gemacht; aber sie war darauf trainiert, sich in riskanten Situationen zu behaupten – was man von einer Frisörin nicht unbedingt verlangen konnte.

»Moin, können wir miteinander reden?«

»Natürlich – komm herein, Mona. Ich hatte mich noch einmal hingelegt, Tammo ist schon zur Arbeit gegangen.«

Die Kommissarin biss sich auf die Zunge, um nicht damit herauszurücken, was sich vermutlich im Hinterzimmer des Fahrradverleihs abgespielt hatte. Sie folgte Fleur in die Küche.

»Trinkst du einen Tee mit mir?«, fragte die Frisörin.

»Da sage ich nicht nein.«

Mona nahm am Küchentisch Platz.

»Ich sollte allmählich frühstücken ... möchtest du auch etwas essen?«

»Danke nein. – Ich wollte dir Bescheid geben, dass du deinen Salon wieder öffnen kannst. Die Kriminaltechniker sind dort mit ihrer Arbeit fertig.«

Während die Kommissarin sprach, stellte Fleur einige Lebensmittel auf den Tisch. Die Niederländerin hatte nur einen ganz leichten Akzent, aber ihre Geschmacksnerven waren offenbar immer noch tief in der Oranje-Kultur verwurzelt: Zum Frühstück gab es bei ihr *Beschuiten* – holländischen Zwieback, mit Butter bestrichen und mit Schokoladenstreuseln – *Hagelslag* – bestreut. Als Mona einen Tee bekommen hatte, sagte sie: »Du warst ja nur kurz mit dem Täter allein, Fleur. Mir ist bewusst, dass es eine alptraumhafte Situation für dich gewesen ist. Trotzdem muss ich dich fragen: Ist dir an dem Mann etwas aufgefallen? Jede Kleinigkeit kann wichtig sein – ein Kleidungsstück, ein Geruch, eine Bewegung ... irgendetwas.«

Die Frisörin biss in ihren Zwieback. Während sie kaute, blickte sie an der Kriminalistin vorbei aus dem Fenster. Nach einer Weile erwiderte sie: »Sobald ich die Augen schließe, sehe ich den Kerl wieder vor mir. Er trug schwarze Lederhandschuhe. Er hatte so eine Motorradmaske auf, von seinem Gesicht konnte ich kaum etwas erkennen. Der Mörder war bestimmt größer als ich, da bin ich mir sicher. Aber besonders brutal ist er nicht gewesen, nicht zu mir. Er hat mich beinahe sanft in den Toilettenraum geschoben, etwa so.«

Sie stand auf und drückte mit der flachen Hand gegen Monas Brust.

»Ich verstehe. – Und er hat wirklich kein Wort von sich gegeben?«

»Nee, das war das Unheimlichste daran«, sagte Fleur und schob ihren Teller wieder weg. Der Appetit schien ihr nach einem Bissen schon wieder vergangen zu sein. Sie schaute Mona forschend an: »Das bedeutet doch, dass ich den Mörder schon kenne, oder? Er muss Angst davor haben, dass ich seine Stimme ... wie sagt man ... infizieren kann.«

»Es heißt identifizieren«, korrigierte die Kommissarin und betonte: »Das ist nur eine Möglichkeit. Es wäre auch denkbar, dass seine Stimme besonders einprägsam ist und er deshalb befürchten muss, sich dadurch zu verraten. Er könnte beispielsweise auch stottern oder lispeln … Du hast Luisa ja seit einiger Zeit gekannt. Sind mal Personen zu ihr gekommen, bei denen du ein schlechtes Gefühl hattest? Leute, die dir unheimlich vorkamen?«

Fleur trank ihren Tee, sie schaute erneut aus dem Fenster.

»Ja, da war tatsächlich jemand«, antwortete die Frisörin. »Er kam vor drei Tagen in den Laden, hatte keinen Termin. Ich bediente gerade eine Kundin. Er grüßte nicht und rief mir zu, ob ich mich gar nicht schämen würde. Ehrlich gesagt wusste ich nicht, was ich darauf erwidern sollte. Dann sagte er, dass er schon wüsste, wie er mit einer miesen Tätowiererin umzuspringen hätte. Nun kapierte ich – er hielt mich für Luisa.«

»Was hast du getan, Fleur?«

»Ich sagte die Wahrheit – dass ich nämlich keine Tattoo-Künstlerin, sondern Frisörin sei. Außerdem riss ich die Tür zum Studio auf, damit er sehen konnte, dass sich dort niemand befindet. Luisa machte nämlich gerade ein paar Besorgungen. Daraufhin starrte der Kerl mich nur an und ging wieder hinaus, ohne sich zu entschuldigen. Was für ein Spinner!«

Die Kommissarin machte sich bereits fleißig Notizen: »Kannst du den Mann genauer beschreiben?«

»Er ist vielleicht so groß wie Tammo, hat aber einen Bauch – also keinen großen, aber trotzdem unübersehbar. Vom Alter her könnte der Typ zwischen fünfzig und sechzig sein. Er hat dunkles Haar mit grauen Streifen und einen Schnurrbart … Oh Gott, glaubst du, dass er der Mörder ist? Seine Stimme würde ich bestimmt wiedererkennen – so, wie er herumgebrüllt hat!«

»Momentan sammeln wir nur Informationen, wir müssen alle Möglichkeiten berücksichtigen«, stellte Mona klar. »Wie war der Mann denn gekleidet?«

»Er trug eine sandfarbene Freizeithose, außerdem ein helles Polohemd – beides von teuren Marken. Und er ist verheiratet, ich habe seinen Ehering gesehen.«

Sollte der Sugardaddy Luisa auf die Bude gerückt sein?, überlegte die Kommissarin. So, wie Fleur ihn geschildert hatte, war es durchaus denkbar. Mona ging davon aus, dass sie und Enno im Lauf des Tages den Namen des Ferienhauskäufers herausbekommen würden. Die Frisörin zog den Teller wieder zu sich hin. Nachdem sie erneut von ihrem Zwieback abgebissen hatte, sagte sie: »Ich muss etwas essen, mich zurechtmachen und meinen Laden öffnen. Am liebsten würde ich mich ins Bett legen und mir die Decke über den Kopf ziehen, aber ich brauche das Geld.«

»Dir ist mulmig zumute, das verstehe ich«, betonte Mona und legte ihre Hand auf Fleurs Unterarm. Sie fügte hinzu: »Die Polizei wird jetzt deinen Salon ganz besonders intensiv im Auge behalten, das verspreche ich dir. Und falls dir dieser Schnurrbartmann noch einmal begegnet oder dir sonst etwas verdächtig vorkommt, kannst du mich jederzeit anrufen.«

Mit diesen Worten legte sie eine ihrer Visitenkarten auf den Küchentisch.

Kapitel 7

Das Haus von Fleur und Tammo stand in der Deichstraße. Mona ging von dort aus zur *Villa Kranich*, in der sich Janina Glettner einquartiert hatte. Unterwegs nahm sie Telefonkontakt mit der Kosmetikerin auf. Die Kommissarin wollte keine Zeit verschwenden, indem sie vielleicht vor verschlossener Tür stand. Das Haus befand sich in der Neuen Straße, nicht weit vom Rathaus entfernt. Sie blieb einen Moment lang vor dem weiß gekalkten Gebäude stehen, das ursprünglich während der Regierungszeit des letzten deutschen Kaisers errichtet worden war. Die Fassade war mit kleinen Skulpturen in Erkern geschmückt. Die Figuren aus Messing stellten den Meeresgott Poseidon sowie Wale und Haie dar. Schon damals waren Erholungsuchende nach Borkum geströmt, wobei dieses Vergnügen zunächst nur dem Großbürgertum vorbehalten war. Heutzutage hingegen bot das Eiland Urlaubsvergnügen für jeden Geldbeutel. Mona setzte sich wieder in Bewegung. Sie hatte selbst einmal in der *Villa Kranich* gewohnt, als sie gerade erst ihren Polizeidienst auf der Insel angetreten und dringend eine Unterkunft benötigt hatte. Das war vor Jahren gewesen. Heimisch gefühlt hatte sie sich dann später in ihrer kleinen Wohnung in der Walfangerstrate; aber erst nach ihrer Heirat mit Jan und ihrem Umzug in das Friesenhaus in der Grönlandstrate sah sie sich als vollwertige Borkumerin an. Ihre Vergangenheit auf dem Festland erschien ihr seltsam unwirklich – wie ein Traum, der immer weiter verblasst. Erinnerungen kamen in ihr hoch, als sie die schwere Holztür aufstieß und in den gekachelten Hausflur trat. Es roch genau wie damals – eine Mischung aus Möbelpolitur und scharfem Allzweckreiniger. Wie lange wohl Janina Glettner schon auf dem »schönsten« Sandhaufen der Welt« lebte? Durch ihren Beruf kam Mona überall auf der Insel herum, und auch in ihrer Freizeit hielt sie sich meist an der frischen Luft auf. Dadurch kannte sie viele Menschen vom Sehen. Die Kommissarin war nicht sicher, ob sie die Kosmetikerin vor ihrem ersten persönlichen Kontakt bereits gesehen hatte. Es gab einfach zu viele junge Frauen, die Janina wie ein Ei dem anderen ähnelten. Am Telefon hatte Mona erfahren, dass die Kosmetikerin in Zimmer

22 wohnte. Die Kommissarin war damals in Zimmer 20 unterge-
bracht gewesen, direkt gegenüber. Das Knarren der Treppenstu-
fen kam ihr wohlbekannt vor, genau wie das Knistern des Kokos-
läufers unter ihren Schuhsohlen. Die Wände waren mit gerahmten
Lithografien geschmückt, auf denen Borkumer Bildmotive aus
dem 19. Jahrhundert zu sehen waren: der Alte Leuchtturm, die
Hotels an der Jann-Berghaus-Straße, die Eröffnung des Inselbahnhofs. Mona klopfte an der Zimmertür, woraufhin Janina sofort öffnete. Sie hatte die Kommissarin vielleicht schon vom
Fenster aus gesehen, denn sie wohnte zur Straße hin. Als die Ermittlerin eintrat, wehte ihr der Duftschwall eines besonders pene-
tranten Parfüms entgegen. Janina hatte sich umgezogen. Sie trug
nun einen Minirock und eine weit ausgeschnittene elfenbeinfarbe-
ne Seidenbluse mit kurzen Ärmeln.

»Für mich hätten Sie sich nicht so aufbrezeln müssen«, stellte
Mona klar, während sie die Tür von innen schloss. Die Einrich-
tung des Zimmers entsprach jener ihrer eigenen Behausung damals: Bett, Schrank, Schreibtisch, Stuhl – alles ein wenig schäbig
und mit deutlichen Benutzungsspuren. Zu dem Zimmer gehörte
auch ein Mini-Bad.

Die Kosmetikerin kräuselte die Nase, während sie sich auf die
Bettkante setzte und die Beine übereinanderschlug: »Ich habe
mich nicht für Sie hübsch gemacht, Frau Sander – sondern für
mich selbst. Ich bin nämlich der Meinung, dass Eigenliebe etwas
sehr Positives ist.«

*Selbst wenn sie mir heute ansonsten nur Lügen auftischen sollte
– diese Aussage meint sie garantiert ernst,* dachte Mona. Die
Kommissarin sagte: »Für Ihre Lebensphilosophie fehlt mir die
Zeit, ich will einen Mord aufklären. Als Erstes möchte ich von
Ihnen erfahren, woher Sie Tammo Jepsen-Doorn kennen.«

Sie betonte den Nachnamen besonders, um zu unterstreichen,
dass dieser Mann verheiratet war. Janina Glettner erwiderte: »Ich
wohne seit einem Monat auf Borkum, möchte mir hier eine neue
Existenz aufbauen. Um die Insel besser kennenzulernen, habe ich
mir ein Fahrrad geliehen, und zwar bei Tammo. Es hat sofort
gefunkt zwischen uns – ich habe auf mein Herz gehört und
erkannt, dass er in seiner Ehe sehr einsam ist. Sie mögen mich für

unmoralisch halten, aber es ist nicht meine Schuld, wenn seine Frau sich nicht richtig um ihn kümmert. – Und über diese Tätowiererin kann ich Ihnen auch einiges sagen!«

»Ach, wirklich? Demnach haben Sie Luisa Stroth persönlich kennengelernt?«

Die Kosmetikerin zögerte einen Moment lang mit ihrer Antwort auf Monas Frage: »Nein, nicht direkt. Aber es ist so, dass ich ein passendes Ladenlokal suche, um auf Borkum meine Dienstleistungen anbieten zu können. Und das ist gar nicht so einfach. Für den Anfang würde mir ein einzelner Raum reichen, schließlich muss ich die Miete ja auch bezahlen können. Natürlich schüttete ich Tammo mein Herz aus – und er meinte, dass im Frisörladen seiner Frau ein geeigneter Platz für mich wäre.«

»Momentan befindet sich dort aber noch das Tattoo-Studio – bedauerlich für Sie«, stellte Mona fest. Janina Glettner verzog den Mund und sagte: »Ich habe zurzeit nicht allzu viel zu tun, weil ich mir meinen Kundenstamm erst aufbauen muss. Und da ich kein Ladenlokal habe, sind nur Hausbesuche möglich. Also hatte ich genug Zeit, um den Frisörsalon im Auge zu behalten. Ehrlich gesagt wollte ich wissen, wie Tammos Frau aussieht – eine unscheinbare Person und auch etwas dicklich, finden Sie nicht?«

»Sie sind ziemlich unverschämt!«, warf die Kommissarin ihr an den Kopf. »Außerdem kapiere ich nicht, warum Sie den Frisörladen ausspioniert haben.«

Falls die Kosmetikerin von Monas Rüffel eingeschüchtert wurde, war ihr davon jedenfalls nichts anzumerken. Sie fuhr fort: »Ich wollte einfach mehr über diese Frau erfahren, die mir im Weg stand. Tammo hätte es zwar begrüßt, wenn ich zu Fleur in den Laden hätte ziehen können, machte mir aber wenig Hoffnung. Er meinte, dass seine Frau und Luisa einander einfach zu sympathisch wären und Fleur die Tätowiererin garantiert nicht an die frische Luft setzen würde. – Also schaute ich mir an, was sie so anstellte – außerhalb ihres Studios.«

»Sie haben Luisa gestalkt!«

»So würde ich das nicht nennen, Frau Sander. Glauben Sie, ich hätte ihr nachgestellt? Das war gar nicht nötig. Ich fand schnell heraus, dass sie nach Feierabend gern mit ihrem Vermieter auf seiner Terrasse saß und ein paar Biere zischte.«

Diese Beobachtung stimmte zumindest mit Andersens Aussage überein.

»Und was haben Sie daraus geschlussfolgert? Wissen Sie, wie viele Menschen nach der Arbeit einen Drink zu sich nehmen?«, bohrte die Kommissarin ungeduldig nach.

»Sie werden gleich sehen, worauf ich hinauswill«, kündigte die Kosmetikerin an und fuhr fort: »Vorige Woche saß sie wieder vor der *Pension Andersen*, und ich behielt sie aus sicherer Entfernung im Auge. Der Vermieter ging hinein, wahrscheinlich wollte er mehr Bier holen. Da erschien plötzlich ein anderer Mann, den ich noch nie zuvor gesehen hatte. Luisa erschrak, als sie ihn erblickte. Sie wollte ins Haus, aber er versperrte ihr den Weg. Worüber die beiden redeten, weiß ich nicht. Sie waren zu weit von mir entfernt. Aber an der Körpersprache konnte man erkennen, dass er wütend und sie verängstigt war. Er packte die Tätowiererin am T-Shirt. Ich dachte, dass er ihr gleich einen Schlag verpassen würde. Aber er drohte nur. Im nächsten Moment ließ er sie los und machte die Geste des Halsabschneidens. Dann zog er auch schon wieder ab, zum Glück nicht in meine Richtung. Dieser Kerl war wirklich furchteinflößend. Wenig später kehrte der Pensionswirt zurück. Luisa tat, als ob nichts gewesen wäre. Aber es fiel ihr sichtlich schwer, den Schock zu verkraften.«

War diese Darstellung glaubwürdig? Mona erinnerte sich an die letzte Gelegenheit, als sie Luisa lebend gesehen hatte. An dem Tag war die Tätowiererin nach dem Anruf sichtlich eingeschüchtert gewesen, hatte aber ebenfalls versucht, sich dies nicht anmerken zu lassen. Ob es der Unbekannte gewesen war, der sie am Telefon terrorisiert hatte? Die Kommissarin musste mehr erfahren: »Können Sie den Mann genauer beschreiben?«

»Er ist ungefähr so groß wie Tammo, einen Bart trägt er nicht. Vom Alter her würde ich ihn auf dreißig Jahre schätzen. Er hat schwarze Locken und trug an dem Tag eine weiße Jeans und ein rot-weiß geringeltes T-Shirt. Ich fand, dass er in dieser Aufmachung wie ein venezianischer *Gondoliere* aussah. – Ach ja, und er hatte so ein Feuermal links am Hals, ziemlich auffällig.«

»Das konnten Sie trotz der Distanz erkennen?«, fragte Mona ungläubig.

»Ich hatte ein Fernglas bei mir«, gab die Kosmetikerin zu. Wenn Janina Glettner mit einem Feldstecher ausgerüstet Luisa Stroth verfolgt hatte, konnte dies durchaus den Straftatbestand der Nachstellung erfüllen. Aber ihre Beschreibung des Wüterichs war ziemlich präzise. Sie stimmte allerdings nicht mit der des Schnurrbartmanns überein, den Fleur gesehen hatte. *Wer weiß, wie viele Personen von Luisa erpresst wurden!*, dachte die Kommissarin.

»Würden Sie den Mann wiedererkennen, Frau Glettner?«

»Auf jeden Fall! Vor allem die Haare und die rote Hautverfärbung waren doch sehr einprägsam«, betonte sie.

Mona gab ihr eine Visitenkarte und sagte: »Bitte kommen Sie im Lauf des Tages zur Polizeistation, um Ihre Aussage schriftlich protokollieren zu lassen. – Die Konfrontation mit dem Lockenkopf hat also vorige Woche stattgefunden – am Dienstag oder am Mittwoch?«

»Ich glaube, das ist am Mittwoch gewesen. Natürlich werde ich auf der Wache erscheinen – ich will ja helfen, dass Sie den Richtigen erwischen!«

Nachdem Mona sich von der Kosmetikerin verabschiedet hatte, war es Zeit für eine Zwischenbilanz. Die wollte sie allerdings nicht allein ziehen, sondern sich mit ihrem Kollegen abstimmen. Sie rief Enno an.

»Na, wie stehen die Aktien?«

»Wenn ich welche hätte, würde ich sie steigen sehen«, scherzte er. »Konntest du mit den Frauen sprechen?«

»Ja, das war interessant. – Was hältst du von einem frühen Mittagessen, bei dem wir unsere Erkenntnisse zusammentragen?«

»Auf diesen Vorschlag hatte ich gehofft. Treffen wir uns gleich im *Knurrhahn*?«

»Sicher, ich mache mich sofort auf den Weg.«

Mit diesen Worten beendete der Oberkommissar das kurze Telefonat. Auch von der Neuen Straße bis zur Franz-Habich-Straße, wo sich der beliebte Fischimbiss befand, war es nicht weit. Auf dem Weg dorthin sortierte die Kommissarin ihre Gedanken.

Immerhin hatte sie nun zwei Verdächtige vorzuweisen. Beide Männer konnten von der Statur her durchaus der Mörder sein. Aber wenn es sich um Erpressungsopfer handelte – warum waren sie in der Lage gewesen, die Täterin aufzuspüren – der Schnurrbartträger an ihrem Arbeitsplatz und der Lockenkopf sogar an ihrer Privatadresse? Hatte sich Luisa so amateurhaft verhalten, dass ihre Opfer sie aufspüren konnten? Dass die Männer keine Anzeige bei der Polizei erstattet hatten, war durchaus glaubhaft – bei Erpressung geschah das häufiger. Aufgrund der bisherigen Informationen konnte der Name des Schnurrbärtigen gewiss schnell ermittelt werden – aber auf welche Art hatte sich der Lockenkopf angreifbar gemacht? War er ein Kunde der Tätowiererin gewesen? Oder war seine Beziehung zu Luisa von ganz anderer Art gewesen? Handelte es sich vielleicht bei ihm um einen abgewiesenen Verehrer? Auch diese Möglichkeit durfte nicht ausgeschlossen werden.

Die Franz-Habich-Straße war ein Teil der Borkumer Fußgängerzone. Hier reihten sich beliebte Modeläden und andere Einzelhandelsgeschäfte sowie etliche Lokale aneinander. Als Mona den *Knurrhahn* betrat, hatte Enno bereits einen Stehtisch im hinteren Bereich des Gastraums belegt. Dort standen auch schon zwei alkoholfreie Biere bereit.

»Ich habe mir erlaubt, für dich einen Neptunsalat zu bestellen«, sagte er lächelnd.

»Du weißt eben, wie man das Herz einer Frau erobert«, gab sie augenzwinkernd zurück. Während die beiden auf ihr Essen warteten, trugen sie die Ergebnisse ihrer Befragungen zusammen.

»Tammo ist als Mordverdächtiger endgültig aus dem Schneider«, berichtete der Oberkommissar, »er hat bis kurz vor deinem Anruf für die attraktive Urlauberin das Fahrrad wieder fit gemacht, was nicht nur sie, sondern auch Gruber sowie zwei andere Pensionsgäste bezeugen können.«

Mona erinnerte sich jetzt daran, dass Tammos Finger mit Schmieröl verschmutzt waren, als er Fleur abgeholt hatte.

Nun war erst einmal das Essen fertig; die Kommissarin machte sich über ihren Salat her, während ihr Kollege sich seinen Backfisch mit Pommes frites schmecken ließ.

»Ich habe mit den Kollegen in Emden telefoniert«, berichtete Enno, bevor er sich wieder eine Gabel in den Mund schob, »sie wussten sofort, auf welchen Unfall ich mich bezog. Der Mann, der in seinem Auto im Hafenbecken ertrank, hieß Hajo Franke. Die Ermittlungen sind abgeschlossen, der berauschte Lkw-Fahrer wurde bereits verurteilt. Dass Franke erpresst worden sein könnte, war den dortigen Ermittlern neu. Das ist verständlich, denn er hatte ja offenbar noch nicht gezahlt. Jedenfalls gab es keinen Anlass, in dieser Richtung polizeilich tätig zu werden.«

Mona fragte: »Und was ist mit anderen Fällen, die ähnlich gelagert sind?«

Ihr Kollege schüttelte den Kopf und antwortete: »Es gibt natürlich Ermittlungen bei Erpressungsdelikten, aber ein Zusammenhang mit Luisa Stroth war nicht herzustellen. Auch der Name des Tattoo-Studios tauchte nirgendwo in den Akten auf.«

»Wenn das so ist, dann sehe ich zwei Möglichkeiten«, dachte die Kommissarin laut nach. »Entweder haben Luisas übrige Opfer gezahlt und sich nicht an die Polizei gewandt oder dieser Franke war tatsächlich die erste Person, die sie um ihr Geld erleichtern wollte.«

Enno hatte seine Mahlzeit beendet und wischte sich die Lippen mit einer Serviette ab: »Wenn die Tätowiererin wirklich in größerem Stil auf diese Art ihr Einkommen aufgebessert hat, dann muss sie das Belastungsmaterial irgendwo aufbewahrt haben. Was hältst du davon, wenn wir die Fotoordner auf ihrem Smartphone durchforsten?«

»Das hast du noch nicht gemacht?«

»Ich wollte dieses Vergnügen mit dir teilen, Mona.«

»Du bist doch der Beste!«, versicherte sie und warf ihm eine Kusshand zu. Nachdem die Ermittler aufgegessen und bezahlt hatten, machten sie einen Abstecher zu Steens Immobilienbüro. Der kleine rundliche Makler residierte in der Nähe des Inselbahnhofs. Die Kommissare waren mit ihm schon seit Jahren per Du. Er hatte ihnen bereits so manchen wertvollen Hinweis geben können. Als sie seine Agentur betraten, telefonierte er gerade. Es roch penetrant nach dem Rasierwasser des Immobilienvermittlers. Steen thronte hinter seinem überladenen Schreibtisch. Der

Makler trug ein kurzärmliges Hemd, dessen Muster an die Fußspuren der Seevögel auf dem morgendlichen Strand erinnerte. Er winkte ihnen zu und verzog das Gesicht zu einer Grimasse – offenbar nervte ihn sein aktuelles Gespräch ziemlich stark – zumal die Person am anderen Ende der Leitung ununterbrochen redete. Die Kriminalistin schaute sich in dem Büro um, während sie und ihr Kollege warteten. Allzu viel hatte sich seit ihrem letzten Besuch nicht verändert. Die Wände waren mit Fotos und Grundrissen von Häusern und Wohnungen geschmückt. Sie alle weckten den Wunsch, sich auf Borkum ein Leben aufzubauen – was Mona selbst schon geschafft hatte, aller Widrigkeiten zum Trotz. Steen rollte mit den Augen und versicherte:

»Wie gesagt, ich melde mich bei Ihnen, falls es etwas Neues gibt. – Ja, auch ich möchte Geld verdienen. Es liegt nicht in meinem Interesse, Ihnen kein Angebot machen zu können. – Trotz allem wünsche ich einen schönen Tag.«

Er legte den Hörer auf und sagte seufzend: »Moin, Mona und Enno. – Manche Klienten haben wirklich sehr seltsame Vorstellungen. Dieser Herr hat es als persönlichen Affront betrachtet, dass ich ihm nicht sofort seine Traumimmobilie anbieten konnte. Dabei baue ich die Objekte doch gar nicht – und was auf dem Markt nicht vorhanden ist, kann ich auch nicht vermitteln.«

»Es ist tröstlich, dass nicht nur wir mit schwierigen ›Klienten‹ zu tun haben«, gab Mona lächelnd zurück. Sie beneidete Steen nicht um seinen Job, denn das Interesse an Ferienhäusern und ‑wohnungen auf Borkum und den anderen ostfriesischen Inseln stieg seit Jahren an, wobei der Platz für Neubauten naturgemäß beschränkt war. Und die Preise schienen nur eine Richtung zu kennen – nämlich aufwärts. Doch Unterkünfte, die nicht vorhanden waren, konnte man weder verkaufen noch vermitteln.

»Wie geht es mit euren Renovierungsarbeiten voran?«, wollte Steen von der Kommissarin wissen.

»Willst du mir die Laune verderben?«, scherzte Mona. Sie fuhr ernsthaft fort: »Über Jan und mir kreist der Pleitegeier, seit wir uns auf dieses Projekt eingelassen haben. Es ist natürlich schön, ein Haus zu erben. Noch besser wäre es aber gewesen, wenn die Wasserleitungen heutigen Standards entsprechen würden und wir nicht alles aufwändig erneuern müssten. Wahrscheinlich wäre es billiger gewesen, neu zu bauen.«

Steen wiegte den Kopf und erwiderte: »Falls du noch Tipps benötigst, kannst du dich jederzeit an mich wenden.«

»Danke, aber deshalb sind wir heute nicht bei dir erschienen. Es geht um ein Ferienhaus in der Sophienstraße, das kürzlich den Besitzer gewechselt hat«, erklärte Mona.

Der Makler schaute in seinen Computer: »Ja, da habe ich tatsächlich ein Objekt vermitteln können. – Was wollt ihr wissen?«

»Zunächst interessiert uns der Name des neuen Käufers«, antwortete die Kommissarin.

»Er heißt Dr. Daniel Richter.«

Mona horchte auf: Sowohl der akademische Titel als auch der Vorname begannen mit einem D. Aber würde die sterbende Erpresserin ihr Opfer beim Vornamen genannt haben? Darüber konnte man nur spekulieren. Sie bat Steen, den jetzigen Besitzer des Ferienhauses zu beschreiben. Je ausführlicher Steen Dr. Richter schilderte, desto stärker wuchs ihre Anspannung. Das war ganz eindeutig der Mann, der laut Fleurs Aussage im Frisörladen Krawall gemacht hatte!

»Was für eine Art Doktor ist dieser Eigentümer denn eigentlich?«, wollte der Oberkommissar wissen.

»Kein Arzt, Enno. Dr. Richter ist Jurist, er ist Teilhaber einer hochkarätigen Wirtschaftskanzlei auf dem Festland.«

Prost Mahlzeit!, dachte Mona. Sie hatte mit Rechtsanwälten unterschiedliche Erfahrungen gemacht. Ihr war natürlich bewusst, dass Juristen eine zentrale Rolle bei der Verurteilung von Straftätern spielten. Ohne die Aufarbeitung eines Verbrechens vor Gericht wäre die Arbeit der Polizei sinnlos gewesen. Die Kommissarin war jedenfalls in der Vergangenheit mit ihrer temperamentvollen Art bei Strafverteidigern mehr als einmal angeeckt. Wenn sie die Ermittlung nicht komplett torpedieren wollte, würde sie sich gegenüber Dr. Richter gewaltig am Riemen reißen müssen.

»Kannst du uns noch mehr über diesen Käufer erzählen?«, bat Enno.

»Er will das Ferienhaus gemeinsam mit seiner Frau Ulrike und seiner Tochter Lara nutzen«, lautete die Antwort. »Die Familie ist aktuell auf Borkum anwesend, sie richten sich wahrscheinlich gerade häuslich in ihrem neuen Domizil ein. Ob Frau Richter berufstätig ist, weiß ich nicht. Die Tochter hat gerade erst mit ihrem Jurastudium begonnen, sie soll wahrscheinlich später in Papas Fußstapfen treten. – Ach ja, und ein Detail hätte ich beinahe vergessen: Dr. Richter ist Sportschütze. Er hat mich gefragt, ob es auf Borkum einen Schießstand gäbe.«

Kapitel 8

Steen war ein ausgezeichneter Menschenkenner, das brachte sein Beruf so mit sich. Oder er kannte die Kommissare schon lange genug, um ihre Reaktionen richtig einschätzen zu können. Er sagte lächelnd:»Nun bin ich aber neugierig. Warum interessiert ihr euch so brennend für den neuen Besitzer des Ferienhauses?«

»Zu laufenden Ermittlungen dürfen wir uns nicht äußern«, gab Mona im besten Beamtendeutsch zurück,»aber du hast uns auf jeden Fall weitergeholfen.«

»Die Nachricht, dass es wieder einen Mord auf Borkum gegeben hat, verbreitet sich seit gestern auf der Insel wie ein Lauffeuer«, stellte der Makler klar.»Daher kann ich mir sehr gut vorstellen, womit ihr euch momentan befassen müsst. – Falls ich noch mehr Einzelheiten erfahre, melde ich mich bei euch.«

Die Kriminalisten bedankten sich für die Auskunft und den Tee, bevor sie das Maklerbüro wieder verließen. Es befand sich in unmittelbarer Nähe des langen Bahnsteigs des Inselbahnhofs. Dort war soeben ein Zug mit den unverwechselbaren bunten Waggons eingetroffen. Manche Urlauber liebten es, auf den offenen Plattformen dieser Wagen zu fahren und sich gleich bei ihrem Eintreffen den rauen Nordseewind um die Nase wehen zu lassen. Die Passagiere bevölkerten das ganze Areal rund um die Station, wobei einige ihre großen Rollkoffer wie Rammböcke benutzten. Erfahrungsgemäß dauerte es ungefähr zwanzig Minuten, bis sich ihre Reihen gelichtet hatten, weil sie Kurs auf ihre jeweiligen Unterkünfte nahmen. Die Kommissare drängten sich zwischen ihnen hindurch und überquerten die Gleise. Enno warf seiner Kollegin einen prüfenden Blick zu:»Als Steen auch noch die Jura studierende Tochter erwähnt hat, wärst du beinahe vom Stuhl gefallen!«

»War mein Schreck so offensichtlich? Na ja, du liest ja sowieso in meinen Gesichtszügen wie in einem offenen Buch«, gab sie zurück und fügte hinzu:»Wenn wir mit den Richters sprechen, übernimmst du besser die Befragung von Vater und Tochter. Andernfalls besteht die Gefahr, dass ich mich wieder einmal um Kopf und Kragen rede. Vielleicht kann ich mich ja der Mutter widmen, ansonsten bin ich wahrscheinlich diesmal keine große Hilfe.«

»Nun stell dein Licht mal nicht unter den Scheffel«, mahnte der Oberkommissar. »Wir wissen, dass wir bei Juristen jedes Wort auf die Goldwaage legen müssen. Ich sehe es sogar als einen Vorteil an, dass der Verdächtige offenbar ein erfolgreicher Anwalt ist.«

»Ich weiß ja, dass du zum Optimismus neigst – aber diesmal kann ich deinem Gedankengang nicht folgen«, gestand sie.

»Du hast mir ja berichtet, was Fleur ausgesagt hat«, sagte Enno, »und Dr. Richters denkwürdiger Auftritt im Frisörsalon – falls er wirklich der Wüterich war, – zeigt mir, dass mit diesem Mann das Temperament durchgegangen ist. Und wer die Selbstbeherrschung verliert, macht zwangsläufig Fehler.«

Damit könnte auch ich gemeint sein, dachte Mona – obwohl sie genau wusste, dass die Worte ihres Kollegen auf den Täter gemünzt waren. Dennoch war sie nicht überzeugt: »Dieser Schnurrbartträger hat sich gegenüber Fleur nicht auf eine Erpressung bezogen, oder? Er ließ sich nur über eine ›miese Tätowiererin‹ aus. Das könnte man auch als Beschwerde wegen einer schlechten Arbeit von ihr verstehen. Und er fragte Fleur – die er für Luisa hielt –, ob sie sich gar nicht schämen würde. Auch diese Worte wiesen nicht darauf hin, dass er sie für eine Erpresserin hält. Damit kann alles Mögliche gemeint sein.«

Enno nickte langsam: »Deine Einwände sind berechtigt – zumal die Tatausführung dann ziemlich rational über die Bühne gegangen ist. Da hat er sich keine Blöße gegeben. Und dass Dr. Richter Sportschütze ist, muss ihn nicht zwangsläufig belasten. Er wird wohl kaum so dämlich sein, den Mord mit einer seiner eigenen Waffen zu begehen.«

»Das Geschoss steckt noch in Luisas Körper, zumindest wurde es von den Kriminaltechnikern nicht im Tattoo-Studio gefunden«, erinnerte die Kommissarin. »Wenn Dr. Richter hier auf der Insel Schusswaffen bei sich hat, dann kann man die Kugel mit seinen Knarren abgleichen.«

Im Normalfall konnte man Patronen den Schusswaffen zuordnen, aus denen sie abgefeuert worden waren – ein eindeutiger

Beweis, genau wie beispielsweise Fingerabdrücke. Aus diesem Grund ließen viele Täter ihre Pistolen oder Revolver ja auf Nimmerwiedersehen verschwinden. Nachdem Mona und Enno zur Wache zurückgekehrt waren, nahm der Oberkommissar an seinem Schreibtisch Platz und aktivierte Luisas Smartphone.

»Hattest du eigentlich die anderen Anrufe schon überprüft, die am Tag der Ermordung getätigt wurden?«

»Ja, die waren auf den ersten Blick alle harmlos – fünfmal haben Frauen Kontakt aufgenommen, die ein Tattoo wollten, einmal hat sich die chemische Reinigung wegen einer Textilie gemeldet – und ein ausgehender Anruf ging an dich, Mona.«

Die Kommissarin nickte und presste die Lippen aufeinander. Luisa hatte sich einige Stunden vor ihrem Tod noch einmal bei Mona gemeldet, um den Tattoo-Termin zu bestätigen. Ihr war bekannt gewesen, dass die Kriminalistin manchmal aus beruflichen Gründen in letzter Minute ein Treffen absagen musste. Enno rief nun die Foto-Ordner auf. Plötzlich nieste er.

»Gesundheit! Hast du dich erkältet?«

»Nee, deine Haarsträhne kitzelt meine Nase!«

Mona stand nämlich vorgebeugt neben ihrem Kollegen und schaute ihm über die Schulter, wobei sie ihm sehr nahe gekommen war. Einige ihrer widerspenstigen Haarsträhnen hatten sich aus ihrer straff nach hinten gekämmten Frisur gelöst. Sie lachte und kniff ihm spielerisch in die Wange.

»Soll nicht wieder vorkommen! Stehe ich hier nicht gut?! Ich kann mich stattdessen auf deinen Schoß setzen.«

»Klar, und dann kommt Grietje hereingestürmt und bringt schneller Gerüchte über uns in Umlauf, als wir den Mörder fangen können«, gab Enno zurück. Die beiden brachen in spontanes Gelächter aus. Das kurze amüsante Geplänkel mit ihrem Kollegen hatte Mona gutgetan und die trüben Gedanken an Luisas gewaltsamen Tod schnell wieder vertrieben. Enno öffnete mehrere Fotoordner, deren Inhalt sich aber als harmlos erwies: Landschaftsaufnahmen von Dünen und Strand, ein Sonnenuntergang an der Promenade, der Blick vom Deck der Fähre aus auf die Insel.

»Unter Erpressermaterial stelle ich mir etwas anderes vor«, stellte die Kommissarin fest. In ihr keimte die unrealistische Hoffnung auf, dass ihre Freundin vielleicht *doch* keine Verbrecherin war – trotz der bisher vorhandenen Hinweise. Der Oberkommissar machte den nächsten Ordner auf, und die dort gespeicherten Fotos waren von einem anderen Kaliber. Offenbar waren die Aufnahmen durch ein Büschel Dünengras hindurch heimlich gemacht worden. Auch wenn die Bildqualität nicht optimal war, gab es doch am Inhalt keinen Zweifel. Mona deutete auf einen der Schnappschüsse und sagte: »Bei dem alten Lüstling dürfte es sich um Dr. Richter handeln – und die Bikinischönheit neben ihm in der Dünen-Sandmulde wird wohl die frisch tätowierte Nachbarin von Luisa aus der *Pension Andersen* sein. Jedenfalls hoffe ich für ihn, dass es sich bei der jungen Frau nicht um seine Tochter handelt. In dem Fall müssten wir wegen des Verdachts auf Inzest aktiv werden.«

»Das Foto werde ich ausdrucken«, kündigte Enno an. »Wenn der Verdächtige mir dumm kommt, kann ich ihn mithilfe des Bildes gewiss vom Ernst seiner Lage überzeugen.«

Die Kommissare überprüften noch das übrige Fotomaterial, aber weitere verdächtige Aufnahmen ließen sich nicht finden.

»Weißt du, was mir fehlt? Erpressungsmaterial mit diesem *Gondoliere*-Typen, dem Lockenkopf!«, stellte Enno fest.

Seine Kollegin zuckte mit den Schultern: »Das muss nichts zu bedeuten haben. Denk an die Audiodatei auf dem Diktiergerät. Für die Erpressung scheint Luisa auch keine Fotos benötigt zu haben.«

»Fest steht: Dr. Richter muss gewusst oder geahnt haben, dass ihm die Tätowiererin Geld aus der Nase ziehen will. Andernfalls wäre er nicht bei Fleur erschienen und hätte dort einen Zwergenaufstand veranstaltet«, dachte Mona laut nach. »Außerdem frage ich mich, warum er nicht gleich zur Polizei gegangen ist – offensichtlich wollte er ja nicht zahlen.«

Enno vermutete: »Es wird der übliche Grund sein, aus dem viele Erpressungsopfer die Behörden meiden wie der Teufel das Weihwasser – sie haben Angst vor einem ›Skandal‹, der ihren Ruf ruinieren könnte.«

»Und Dr. Richters Geliebte müssen wir uns auch noch vorknöpfen«, erinnerte Mona.

Ihr Kollege nickte: »In dem Fall werde ich mich zurückhalten, du findest bestimmt eher eine gemeinsame Ebene mit dieser Frau.«

»Ich werde mich bemühen«, versprach Mona.

Zunächst gingen die Kommissare zum Chef und berichteten ihm von ihren aktuellen Ermittlungsfortschritten. Oltbeck wurde sichtlich nervös, als Enno Dr. Richters Position als Teilhaber einer renommierten Anwaltskanzlei erwähnte: »Ich zweifle nicht daran, dass Sie das nötige Fingerspitzengefühl für eine solche Befragung aufbringen, Herr Moll – aber Frau Sander sollte sich besser zurückhalten.«

Mona konnte es nicht ausstehen, wenn man über sie sprach, als ob sie nicht anwesend wäre. Entsprechend schnippisch fiel ihre Bemerkung aus: »Sie können unbesorgt sein, Herr Oltbeck. Wir haben die Arbeitsteilung schon abgesprochen. Mein Kollege wird sich auf den einflussreichen Ehebrecher konzentrieren, während ich später sein tätowiertes Luder aushorchen werde.«

Der Dienststellenleiter warf ihr einen undefinierbaren Blick zu. Er schien sich zu fragen, ob er dem Braten trauen könnte. Schließlich sagte er: »Na schön, Sie haben ja offenbar Material in den Händen, sodass ein Erpressungsversuch durch das spätere Mordopfer glaubhaft erscheint. Außerdem ist Dr. Richter vermutlich Waffenbesitzer, er wird sich also gegen eine Überprüfung nicht sträuben können. Vielleicht hat er ja ein wasserdichtes Alibi für die Tatzeit, dann ist der Verdacht gegen ihn ohnehin vom Tisch.«

Das wäre dir wahrscheinlich am liebsten, sagte Mona in Gedanken zu ihrem Vorgesetzten. Oltbeck hatte oft Skrupel, einem einflussreichen Verdächtigen auf die Füße zu treten. Zum Glück ging dieses Zaudern nie so weit, dass er einen Täter mit entsprechenden Verbindungen entkommen lassen würde.

»Wir halten Sie weiterhin auf dem Laufenden.«

Mit diesen Worten verabschiedete Enno sich von Oltbeck. Mona folgte ihm, ohne einen flotten Spruch vom Stapel zu lassen. Sie wollte den Bogen nicht überspannen, zumal ihr Vorgesetzter momentan relativ pflegeleicht war – wobei seine Bedenken wegen ihrer impulsiven Art durchaus ihre Berechtigung hatten, wie sie selbstkritisch einräumen musste. Von der Polizeistation bis zur Sophienstraße gelangte man zu Fuß in einer knappen Viertelstunde. Die Ermittler gingen zunächst Richtung Alte Schulstraße.

»Ich komme immer noch nicht darüber hinweg, dass ich mich so in Luisa getäuscht habe, Enno. Mit meiner Menschenkenntnis ist es wohl doch nicht so weit her.«

»Du hast diese Frau gewiss nicht darüber im Unklaren gelassen, dass du Polizistin bist«, erwiderte ihr Kollege. »Sie wird alles dafür getan haben, dir gegenüber keinen Verdacht zu erwecken. Sie muss jedenfalls ein starkes Motiv für diese Erpressungen gehabt haben. Da denkt man natürlich zuerst ans Geld. Aber das ist vielleicht zu naheliegend.«

»Wie meinst du das?«, hakte die Kommissarin nach.

»Luisa war offenbar eine sehr begabte Tattoo-Künstlerin. Sie hätte überall auf der Welt mit ihrem Talent ein gutes Auskommen haben können, oder? Das Einzige, was sie benötigte, war ein Startkapital – für Ausrüstung, Farbe, Miete und so weiter. Diese Summe hätte sie auch sparen können, aber dafür benötigt man Zeit. Sie wollte sich aber sehr schnell absetzen – aus welchem Grund?«

»Du denkst an ›Don‹, diesen geheimnisvollen Schurken aus ihrer Vergangenheit?«

Enno erwiderte: »Ja, vor ihm muss sie wirklich Angst gehabt haben, wenn unsere bisherigen Informationen stimmen.«

Mona fügte hinzu: »Er könnte sich auf der Insel befinden. Frau Willms hat eine Person um den Frisörsalon herumschleichen sehen, bei der es sich um ›Don‹ handeln könnte. Wenn Luisa wirklich von ihm das Tätowieren gelernt hat, dann könnte Schöller ihn kennen. So groß ist diese Szene nicht, schätze ich.«

Während die Kommissare miteinander sprachen, erreichten sie die Sophienstraße. Dort standen ausnahmslos Einfamilienhäuser, von denen einige als Ferienunterkünfte vermittelt wurden. Mona zeigte auf ein Gebäude, das offenbar erst vor wenigen Jahren errichtet worden war: »Residieren dort die Richters?«

»Ja, du hast es erraten«, gab Enno lächelnd zurück. Das Gebäude ähnelte vom Baustil her zwar den älteren Backstein-Friesenhäusern, war aber aus sehr hellem Material errichtet worden. Das Schrägdach hatte man mit Solarpaneelen versehen, und die großen Fenster ließen viel Licht herein. Bei den älteren Häusern waren die Fenster vergleichsweise winzig, weil in früheren Zeiten die Wärmedämmung zu wünschen übrigließ. Auch eine Terrasse, auf der ein Strandkorb stand, gehörte zum Anwesen des Juristen. Die Kommissare hatten ihr Kommen nicht angekündigt, sie wollten dem Verdächtigen keine Gelegenheit zur Vorbereitung geben. *Wenn Dr. Richter geschossen hat, wird er sich seine Antworten sowieso schon zurechtgelegt haben*, dachte Mona, während Enno an der Tür läutete. Es dauerte ein wenig, bis geöffnet wurde. Den Ermittlern stand ein Mann gegenüber, der Fleurs Beschreibung ziemlich genau entsprach. Er trug eine dunkle weite Baumwollhose, Strandschuhe aus Leinen und ein gestreiftes Hemd mit kurzen Ärmeln. Sein Gesichtsausdruck wirkte weder zugewandt noch ablehnend, eher neutral.

»Ja, bitte?«

»Moin, ich bin Oberkommissar Moll von der Polizei Borkum. Das ist Kommissarin Sander. – Sind Sie Dr. Daniel Richter?«

Während Enno Mona und sich selbst vorstellte, zeigte er seinen Dienstausweis. Dr. Richter runzelte die Stirn: »Ja, so lautet mein Name. – Worum geht es?«

»Das würden wir gern im Haus besprechen, wenn es keine Umstände macht«, antwortete Enno freundlich, aber nachdrücklich.

Der Rechtsanwalt blickte zu ihm auf. Dr. Richter war von durchschnittlicher Größe, aber um dem Zweimetermann ins Gesicht sehen zu können, musste er den Kopf in den Nacken legen. Er zögerte einen Moment, dann trat er zur Seite: »Ich habe keine Vorstellung davon, was Sie von mir wollen – aber das wird sich hoffentlich gleich klären. Folgen Sie mir bitte.«

Das Ferienhaus war modern eingerichtet, es roch nach Sandelholz und Espresso. An den Wänden des Wohnzimmers hingen nicht die üblichen Bilder mit Seehunden und Leuchttürmen, wie man sie in günstigeren Unterkünften fand. Hier hatte der Gestalter sich für Kunstfotos entschieden, auf denen Brandungswellen und

Möwen sowie Muscheln in Nahaufnahme zu sehen waren. Auf der hellgrauen Velourscouch saß eine blonde Dame von ungefähr fünfzig Jahren, die ein helles ärmelloses Strandkleid trug. Es reichte ihr bis zu den Knöcheln. Sie hatte ein Cocktailglas auf dem Beistelltischchen neben sich stehen.

»Hast du schon wieder Mandanten eingeladen?«, fragte sie mit schwerer Zunge. Sie war offenbar nicht mehr ganz nüchtern; Mona hatte während ihrer Jahre bei der Polizei Menschen in den unterschiedlichsten Stadien des Alkoholrausches erlebt und konnte deren Promillespiegel meist ziemlich realistisch einschätzen. Auf jeden Fall schwang in der Frage ein Vorwurf mit.

»Nein, die Herrschaften haben sich unangekündigt selbst eingeladen, Ulrike«, gab Dr. Richter gereizt zurück und fuhr fort: »Das sind Frau, äh, Sander und Herr Moll von der hiesigen Polizei. – Ich möchte Ihnen meine Ehefrau vorstellen, Ulrike Richter.«

»Polizei?«, wiederholte die Frau. »Was ist passiert?«

»Ist Ihnen der Name Luisa Stroth ein Begriff?«, fragte der Oberkommissar.

»Hat diese Person Strafanzeige gegen mich gestellt?«, erwiderte Dr. Richter, wobei er die Augenbrauen hob. Kühl und distanziert fuhr er fort: »Ich bin ein medizinischer Laie, aber meiner Meinung nach ist diese Frau psychisch labil. Sie glaubt allen Ernstes, ich würde meine Frau betrügen, und forderte Schweigegeld, damit sie diese absurden Behauptungen nicht weiter verbreitet.«

»Daniel würde niemals fremdgehen, ich vertraue ihm.«

Dieser Satz kam von Ulrike Richter. Sie sprach ihn allerdings so beiläufig aus, als ob sie nicht mit dem Herzen dabei wäre. Außerdem griff sie unmittelbar danach ihr Cocktailglas und nahm einen großen Schluck, als ob sie ihre Kehle nun durchspülen wollte. Mona fand sie nicht besonders glaubwürdig.

»Hat Luisa Stroth Sie erpresst?«, wollte Enno wissen.

»Sie hat es versucht, Herr Moll. Aber da von meiner Seite kein Geld geflossen ist, kann man wohl nicht von einer gelungenen Erpressung sprechen. Mir ist bekannt, dass auch der Versuch strafbar ist – aber angesichts von Frau Stroths Geisteszustand sehe ich von einer Anzeige gegen sie ab.«

Er schaute erst Enno und dann Mona triumphierend an – als ob er Anerkennung für sein Verhalten erwartete. Ob er sich wirklich einbildete, dass sie noch am Leben war?

»Sie könnten Luisa Stroth ohnehin nicht mehr belangen, weil sie tot ist. Wir gehen von einem Gewaltverbrechen aus«, erklärte der Oberkommissar. Dr. Richters Miene war in diesem Moment völlig neutral. Mona hätte sich kein Urteil zugetraut, ob sie den Mörder vor sich hatte oder nicht. Sie vergegenwärtigte sich, mit wem sie es zu tun hatte. Als Jurist war Dr. Richter es gewohnt, seine Emotionen extrem unter Kontrolle zu halten, wenn er einen Prozess gewinnen wollte oder einen Mandanten einfach nur qualifiziert beraten musste.

»Ich verstehe«, sagte Dr. Richter nach einer kurzen Gesprächspause. »Sie suchen jetzt nach Personen, die ein Motiv für ein Tötungsdelikt haben könnten. Aus Ihrer Sicht ist es verständlich, warum Sie auf mich kommen mussten – obwohl ich gewiss nicht der Einzige bin, der ein Interesse an Luisa Stroths Tod haben könnte.«

»Wie kommen Sie darauf?«

»Das ist nur eine Vermutung, Herr Moll. Warum sollte diese Frau in ihrem Verfolgungswahn ausschließlich gegen mich absurde Anschuldigungen vorbringen wollen?«, gab Dr. Richter zurück.

»Ich frage mich, warum Sie sich nicht an die Polizei gewandt haben.«

»Daran habe ich gedacht – nicht wahr, Ulrike? Wir haben sogar darüber gesprochen.«

»Wir haben darüber gesprochen«, wiederholte seine Ehefrau, wobei ihre Stimme noch undeutlicher klang als bei den Sätzen, die sie vorher gesagt hatte.

Genauso gut könnte ein Papagei auf dem Sofa sitzen, dachte Mona. Aber sie schaffte es, ihre Zunge im Zaum zu halten – jedenfalls vorerst. Dr. Richter ergriff wieder das Wort: »Ich habe letztlich von einer Strafanzeige Abstand genommen, weil die Frau mir einfach leidtut. Psychische Krankheiten sind ja immer noch ein Tabu. Ich hoffte einfach, dass sie mit ihren Aktionen gegen mich von selbst aufhören würde.«

»Sie wirken auf mich nicht wie ein Mann, der die Dinge passiv über sich ergehen lässt.«

»Worauf fußt Ihre Expertise, Herr Moll?«, fragte der Jurist mit beißendem Spott. »Sind Sie nebenbei auch noch Psychologe oder Briefkastenonkel?«

Die Kommissarin ballte unwillkürlich die Fäuste. Sie konnte es nicht ausstehen, wenn jemand ihrem besten Freund verbal gegen den Karren fuhr. Schon öffnete Mona den Mund, um eine ihrer berüchtigten Tiraden vom Stapel zu lassen – aber im letzten Moment bremste sie sich. Ein Temperamentsausbruch à la Mona Sander war der größte Gefallen, den sie dem Verdächtigen tun konnte. Also atmete sie tief durch, zog ihr Notizbuch und einen Stift hervor und begann, sich Notizen zu machen: *Flachzange! Blödkopf! Armleuchter! Fatzke!* Das Schreiben kühlte ihre Emotionen etwas herunter. Enno konnte sehr gut für sich selbst einstehen: »Nein, aber als Kriminalist klopfe ich jede Aussage auf ihre Glaubwürdigkeit hin ab. Wenn Sie so milde gestimmt sind, wie Sie behaupten: Wie erklären Sie sich dann Ihren Auftritt im Frisörsalon von Fleur Doorn?«

Für einen Moment verlor Dr. Richter die Kontrolle über seine Gesichtszüge. Er wirkte tatsächlich überrascht. Hatte er angenommen, dass die Kommissare nicht mit der Frisörin gesprochen hatten?

»Möglicherweise hat Frau Doorn die Sache etwas dramatischer dargestellt, als sie sich wirklich zugetragen hat«, behauptete Dr. Richter. Er fuhr fort: »Als ich die Dame aufgesucht habe, war die Forderung der Erpresserin gerade erst bei mir eingegangen. Luisa Stroth wollte 5.000 Euro von mir, damit sie über meinen angeblichen Ehebruch Stillschweigen bewahrt. Sie können sich vorstellen, wie aufgebracht ich war – denn ich habe mir nichts zuschulden kommen lassen.«

Mona hätte an dieser Stelle am liebsten eingehakt, aber sie vertraute darauf, dass ihr Kollege Dr. Richter genauso durchschaute, wie sie es tat.

»Wie sollte die Übergabe der Summe erfolgen?«, fragte Enno.

»Ich sollte das Geld in bar beschaffen und in einem bestimmten Abfallkorb beim Neuen Leuchtturm deponieren.«

»Wie nahm die Erpresserin überhaupt Kontakt mit Ihnen auf?«

»Ich fand eine schriftliche Nachricht im Briefkasten des Ferienhauses, Herr Moll. – Und dieses Papier habe ich sofort weggeworfen!«

»Eines verstehe ich nicht«, sagte der Oberkommissar ruhig, aber nachdrücklich: »Woher wussten Sie, dass die Täterin im Frisörladen zu finden sein würde? Hat sie das Erpresserschreiben mit ihrem Namen unterzeichnet?«

Dr. Richter warf Enno einen glasigen Blick zu. Die milde Ironie im letzten Satz des Kriminalisten konnte ihm nicht entgangen sein.

»Nein, selbstverständlich nicht!«, schnarrte er. »So dumm kann gewiss keine Verbrecherin sein. – Und woher ich Frau Stroths Namen kenne, ist für Sie nicht von Interesse. Ich habe meine Quellen. Fest steht nur, dass ich diese Person nicht umgebracht habe!«

Während der Verdächtige redete, schrieb Mona weiter in ihr Notizbuch, was ihn zu irritieren schien. Er wandte sich nun an die Kommissarin: »Und was ist mit Ihnen, Frau Sander? Es ist noch kein Wort über Ihre Lippen gekommen, seit Sie und Ihr Kollege mein Haus betreten haben. Hat es Ihnen die Sprache verschlagen?«

Mona vermutete, dass sein plötzliches Interesse an ihr nichts anderes als ein Ablenkungsmanöver war. Falls es sich bei Dr. Richter wirklich um den Mörder handelte, dann hatte er die Frage nach Luisas Identität bei seiner Planung unter den Tisch fallen lassen, was sich nun rächte. Es war offensichtlich, dass er nur Zeit gewinnen wollte. Sie hatte jedenfalls nicht vor, ihm auf den Leim zu gehen.

»Ich bin nur so eine Art Sekretärin für Herrn Moll«, sagte Mona mit einem unschuldigen Lächeln auf den Lippen, »deshalb notiere ich mir einige Stichpunkte.«

»Es kann sein, dass ich Sie später auf die Wache vorladen muss und Ihnen weitere Fragen stelle, die Sie besser beantworten sollten«, teilte Enno Dr. Richter förmlich mit. »Für den Moment hätte ich gern noch erfahren, wo Sie am gestrigen Tag zwischen 18 Uhr und 18.15 Uhr gewesen sind. Während dieses Zeitraums wurde Luisa Stroth getötet.«

»Zwischen 17 und 19 Uhr war Daniel bei mir hier im Ferienhaus, wir haben zusammen etwas getrunken!«, rief Ulrike Richter, die offenbar trotz ihres angesäuselten Zustands das Gespräch aufmerksam verfolgt hatte.

»Da hören Sie es«, sagte ihr Ehemann mit einem triumphierenden Unterton in der Stimme.

Enno ließ sich nicht beeindrucken: »Könnte Ihre Tochter diese Angaben ebenfalls bestätigen? Wir haben gehört, dass sie sich auf Borkum befindet.«

»Das wird sie selbstverständlich tun«, behauptete Dr. Richter. »Momentan wird sie sich am Strand aufhalten, aber ich kann sie anrufen.«

Er zog sein Smartphone aus der Hosentasche und versuchte, Lara zu erreichen – vergeblich.

»Mein Fräulein Tochter hat wohl ihren Telefon-Akku nicht aufgeladen, das passiert ihr öfter«, meinte er mit einem entschuldigenden Lächeln auf den Lippen.

Enno erwiderte: »Das ist kein Problem – ich schlage vor, dass Sie sowohl die Mobilnummer Ihrer Tochter als auch Ihre eigene sowie die Ihrer Gattin meiner Sekretärin mitteilen, dann können wir später selbst den Kontakt aufnehmen. Und falls Lara vorher vom Strand zurückkehrt, soll sie sich bitte auf der Polizeistation melden. – Außerdem benötige ich Ihre Schusswaffen für einen Abgleich, da Luisa Stroth durch eine Kugel getötet wurde.«

Dr. Richter starrte den Oberkommissar an, als ob dieser ihn geohrfeigt hätte. Dann atmete er tief durch und erwiderte: »Nun gut … das dürfte ein weiterer Punkt sein, der mich entlastet. Ich hole meine Pistolen, und danach möchte ich Sie verabschieden. Falls Sie mich vorladen wollen, werde ich mit einem Kollegen erscheinen, der sich auf Strafrecht spezialisiert hat.«

Bevor die Ermittler etwas entgegnen konnten, verließ der Verdächtige das Wohnzimmer. Von seiner Ehefrau kam keine Reaktion – abgesehen davon, dass sie ihr Glas austrank. Ihre Miene wirkte seltsam apathisch. Entweder machte sie sich wirklich keine Gedanken darüber, dass ihr Mann ein Mörder sein könnte, oder sie war durch ihren Alkoholpegel einfach abgestumpft. Dr. Richter kehrte mit einem tragbaren Waffensafe zurück, den er öffnete. Darin befanden sich zwei Pistolen, eine Glock 17 und eine Ruger 9 mm.

»Und bevor Sie danach fragen: Ich habe sowohl einen Waffenschein als auch eine Waffenbesitzkarte«, erklärte der Jurist. Mona fotografierte beide Dokumente ab, außerdem stellte sie eine Quittung für den Empfang der zwei Pistolen aus. Enno hatte sich Latexhandschuhe übergezogen und tat die Schusswaffen in zwei Beweismittelbeutel. Dr. Richter begleitete die Ermittler wortlos zur Haustür. Mona hatte erwartet, dass er sie zuknallen würde – aber er schloss sie beinahe geräuschlos hinter ihnen.

Kapitel 9

Während die Kommissare Seite an Seite Richtung Ortszentrum gingen, lehnte Mona ihren Kopf gegen Ennos Schulter und hakte sich bei ihm ein:»Wenn uns Dr. Richter jetzt durchs Fenster nachschaut, wird er vermuten, dass du ein Verhältnis mit deiner *Sekretärin* hast – aber gewöhne dich nicht zu sehr daran, dass ich dir den ganzen Schreibkram abnehme.«

»Dieses Rollenspiel – wenn man das so nennen möchte – ist ja nicht auf meinem Mist gewachsen«, erinnerte der Oberkommissar schmunzelnd,»und übrigens muss ich dich wirklich dafür loben, wie professionell du dich gegenüber dem Verdächtigen verhalten hast.«

»Ja, Oltbeck hätte seine reine Freude an der Befragung gehabt«, scherzte seine Kollegin. Sie war stolz darauf, in Dr. Richters Gegenwart nicht ausfallend geworden zu sein, obwohl er ihr ziemlich auf den Wecker gegangen war.»Das Alibi durch die Ehefrau wird vermutlich nicht viel wert sein – sie scheint nach der Pfeife ihres Göttergatten zu tanzen«, überlegte die Ermittlerin.»Entweder ist es ihr egal, dass er sie betrügt, oder sie verschließt die Augen vor der Wirklichkeit.«

»Ich bin gespannt, was wir von der Tochter zu hören bekommen – ob sie ihrem Vater ebenfalls ein Alibi verschafft, ohne über die Konsequenzen nachzudenken«, meinte Enno.

»Gehst du denn davon aus, dass Dr. Richter den Mord begangen hat?«

Der Oberkommissar erwiderte:»Zumindest ist er nach wie vor verdächtig – aber nur, weil er für die Tatzeit vielleicht kein belastbares Alibi hat, muss er noch lange nicht schuldig sein. Er könnte beispielsweise seiner Geliebten Gesellschaft geleistet haben, während Luisa getötet wurde. In dem Fall wird er weder seiner Frau noch seiner Tochter unter die Nase gerieben haben, wo er tatsächlich gewesen ist.«

»Ganz gewiss nicht«, gab Mona grinsend zurück und fuhr fort:»Als du wissen wolltest, woher er die Identität der Erpresserin kennt, hast du den braven Anwalt ziemlich ins Schwitzen gebracht. Eigentlich kann er nur durch seine außereheliche Affäre davon Wind bekommen haben. Angenommen, Dr. Richter fand tatsächlich ein Erpresserschreiben im Briefkasten. Daraufhin nimmt er Kontakt mit seiner Gespielin auf und fragt sie, woher die Information stammen könnte. Die Frau durchforstet ihr Gedächtnis – und plötzlich fällt ihr ein, dass sie während des Tattoo-Termins telefoniert hat und das Gespräch aufgezeichnet werden konnte.«

»Aber da ist Dr. Richters Name nicht gefallen, oder?«, gab Enno zu bedenken.

Seine Kollegin antwortete: »In dem mitgeschnittenen Telefonat wird seine Identität nicht preisgegeben, aber Luisa und die Mieterin von Zimmer Nummer 9 waren ja in der *Pension Andersen* sozusagen Nachbarinnen. Luisa könnte mitbekommen haben, dass die andere Frau sich mit einem älteren Mann trifft. Ich stelle mir vor, dass sie die Geliebte unauffällig beobachtet hat, als sie sich mit ihrem Verehrer traf. Danach musste die Erpresserin nur noch Dr. Richter zu seinem Ferienhaus folgen, um seinen Namen herauszufinden. Der steht ja sogar schon am Klingelschild.«

»Dr. Richters Geliebte ist gewiss eine wichtige Zeugin«, vermutete Enno. »Aber bevor wir ihr auf den Zahn fühlen, möchte ich noch einmal Schöller ins Gebet nehmen.«

»Ja, dieser Herr wird uns einiges erklären müssen!« Mit diesen Worten zog Mona ihr Smartphone aus der Tasche und rief den Tätowierer an.

Seine Begeisterung schien sich in Grenzen zu halten, als er ihre Stimme erkannte. »Frau Sander, gibt es schon etwas Neues?«

»Sind Sie noch auf Borkum?«, lautete ihre Gegenfrage.

»Ja, aber ich bin schon am Fährhafen, ich wollte mit dem Katamaran nach Emden zurückkehren. Er legt in einer halben Stunde ab.«

»Das muss warten«, bestimmte die Kommissarin. »Ich schlage vor, Sie schwingen sich in ein Taxi und lassen sich zur Polizeistation fahren. Sie können auch später noch die Autofähre nehmen. – Sie wollen doch wissen, wer für den Tod Ihrer Geschäftspartnerin verantwortlich ist, oder?«

»Also haben Sie Luisas Mörder schon geschnappt?«

»Wir treffen uns gleich auf der Wache.«

Monas Worte waren keine Bitte, sondern eine Anweisung. Sie beendete das Telefonat.

»Du bist ein wenig sauer auf Schöller«, stellte Enno fest.

»Wundert dich das? Zugegeben, er wird wohl nicht von sich aus verschwiegen haben, dass ›Don‹ in der Tätowiererszene zu suchen ist. Aber von den Erpressungen durch seine Geschäftspartnerin hätte er uns erzählen müssen.«

»Vielleicht war es ihm unangenehm«, gab der Oberkommissar zu bedenken.

Mona machte eine ungeduldige Handbewegung: »Schon möglich, aber eine Mordermittlung ist kein Wellness-Wochenende. Das weißt du so gut wie ich. Und wenn Schöller angeblich so viel daran liegt, dass wir die Bluttat aufklären, dann muss er auch mithelfen.«

Während ihrer Unterhaltung hatten sie bereits die Wache erreicht. Grietje hatte ihr Kinn auf ihren Handballen gestützt. Sie schien tief in Gedanken versunken zu sein. Plötzlich hob sie den Kopf und warf der Kommissarin einen neugierigen Blick zu.

»Was kam dir gerade in den Sinn?«, wollte Mona wissen.

»Ich habe überlegt, was für ein Motiv du dir stechen lassen wolltest.«

»Wie kommst du darauf, dass dies mein Plan war?«

»Ich bin doch nicht von gestern«, behauptete die sommersprossige Polizeimeisterin. »Du warst direkt am Tatort – aus welchem Grund? Gut, du hättest auch einen Termin bei der Frisörin haben können. Deine Haare hätten es wirklich mal nötig. Aber mein Instinkt sagt mir, dass du es eher auf ein neues Tattoo abgesehen hattest. Außerdem habe ich mitbekommen, dass du mit dem Mordopfer befreundet warst. Ich glaube nämlich, dass du nicht jeden x-Beliebigen an deine Haut lassen würdest.«

Wie ein Schauspieler, der auf sein Stichwort gewartet hat, erschien in diesem Moment Schöller auf der Wache.

Nee, diesen Kerl ganz bestimmt nicht!, dachte die Ermittlerin.

Enno wandte sich an den Tätowierer: »Kommen Sie, wir gehen schon mal vor. Möchten Sie einen Tee?«

Grietje schaute Schöller kopfschüttelnd nach: »Das ist doch der Typ, der Polizeischutz für Luisa Stroth beantragen wollte! Er war nervig und uneinsichtig – aber ich glaube, dass er in diese Frau wirklich verknallt war.«

»Ja, das ist möglich. – Ich muss mir den Kerl jetzt erst einmal zur Brust nehmen. Wir sprechen später weiter!«

Die Kommissarin wartete keine Antwort ab, sondern folgte den beiden Männern in den Verhörraum. Enno und Schöller hatten bereits einander gegenüber am Tisch Platz genommen. In dem kahlen Raum gab es keine Ablenkung, an den Wänden hing absolut nichts. Mona setzte sich neben ihren Kollegen.

»Ich habe Herrn Schöller bereits über seine Rechte belehrt«, teilte er ihr mit.

»Und ich frage mich, was Sie überhaupt noch von mir wollen. Halten Sie mich immer noch für Luisas Mörder?«, stieß der Tätowierer aufgebracht hervor.

Die Kommissarin schüttelte den Kopf: »Nee, das nicht. Sie sind aus zwei Gründen hier: Erstens können Sie uns dabei helfen, ›Dons‹ richtigen Namen zu ermitteln. Und zweitens habe ich ein Hühnchen mit Ihnen zu rupfen!«

»Was habe ich denn getan, Frau Sander?«

»Es geht darum, was Sie *nicht* gemacht haben – uns nämlich mitzuteilen, dass Luisa bereits in Emden eine Nebentätigkeit als Erpresserin aufgenommen hat. Sie hielten es nicht für nötig, Ihre Partnerin anzuzeigen. Und sogar nach ihrem gewaltsamen Tod haben Sie uns im Unklaren gelassen.«

Schöller rang die Hände, senkte das Kinn und hob die Schultern. Es war schwer einzuschätzen, was für Gefühle ihn bewegten: Wut? Verzweiflung? Trauer? Vielleicht eine Mischung aus allen drei Empfindungen. »Ich konnte einfach nicht darüber sprechen, verstehen Sie? Luisa war kein schlechter Mensch, sie wollte einfach nur ein neues Leben anfangen. Und dafür brauchte sie Geld – mehr, als sie mit Tinte und Nadel verdienen konnte!«, sagte er.

»Hat sie mit Ihnen darüber gesprochen?«, hakte Mona nach.

Schöller schüttelte den Kopf: »Zwischen uns war zu viel Porzellan zerschlagen worden, verstehen Sie? Luisa muss von diesem ›Don‹ besessen gewesen sein, anders kann man das nicht nennen. Warum verteidigte sie einen Kerl, der sie so übel behandelt hat?«

»Wahrscheinlich, weil sie ihn liebte«, vermutete die Kommissarin. »Und *Sie* waren in Luisa verliebt, oder etwa nicht?«

Der Tätowierer rutschte auf seinem Stuhl hin und her, als ob plötzlich die Sitzfläche heiß geworden wäre: »Ja ... nein ... ich weiß nicht. Es gibt ja meine Frau und meine Freundin in der Kanadischen Straße ... aber Luisa war etwas ganz Besonderes für mich. Und ich glaube, dass sie sich eingestanden hat, wie zerstörerisch ihre Bindung an ›Don‹ war. Aus dem Grund wollte sie abhauen, nicht nur nach Borkum, sondern wahrscheinlich bis ans andere Ende der Welt. Irgendwohin, wo dieser Mistkerl sie nicht finden konnte.«

»Dann unterstützen Sie mich dabei, den Verdächtigen ausfindig zu machen!«

»Das will ich gern tun, Frau Sander – aber wie?«

»Lassen Sie uns mit der Frage beginnen, wo Luisa ihr Handwerk gelernt hat«, schlug Mona vor.

Schöller beteuerte: »Das weiß ich nicht, daraus hat sie immer ein großes Geheimnis gemacht. Sie kam eines schönen Tages in mein Studio geschneit und zeigte mir ihr Motivbuch. Sie hatte einen ganz eigenen Stil, unverwechselbar. Und sie konnte nicht nur mit dem Werkzeug, sondern auch mit den Kunden umgehen. Sie verstand, was die Menschen wollten, womit sie glücklich gemacht werden konnten. – Warum wollen Sie wissen, wo Luisa ausgebildet wurde?«

Enno schaltete sich ein: »Es besteht die Möglichkeit, dass ›Don‹ der Tätowierer war, bei dem sie in die Lehre gegangen ist. Ich kann mir vorstellen, dass in der Szene Pseudonyme nicht ungewöhnlich sind.«

Schöller schien angestrengt nachzudenken. Als er wieder den Mund öffnete, war es, als ob er mit sich selbst reden würde: »Es gibt mehr Tätowierer, als Sie denken. Inzwischen hat doch jedes Kuhkaff ein eigenes Studio. Aber viele von diesen Typen geben wieder auf, wenn sie nicht das schnelle Geld machen. Wer dabeibleibt, der schafft sich einen Namen – nur so geht es, mit viel Mundpropaganda. Und außerdem ist jedes Motiv, das man sticht, auch eine Werbung für einen selbst.«

»Das ist ja alles fürchterlich interessant, aber ich brauche einen Namen! Konzentrieren Sie sich – wer könnte ›Don‹ sein?«, bohrte die Kommissarin nach.

Enno machte eine beschwichtigende Handbewegung. Außerdem warf er ihr einen Blick zu, der so viel bedeuten konnte wie: *Schöller tut doch schon, was er kann!*

Der Tätowierer antwortete zögernd: »Als Luisa zu mir kam, hatte sie schon ein oder zwei Jahre Berufserfahrung. So etwas merke ich. Sie stammt ursprünglich aus Ludwigshafen. Dort gab es damals einen Nadelkünstler, den alle nur ›den Albino‹ nannten. Er soll aber kein echter Albino gewesen sein, nur ein Kerl mit auffallend blasser Haut. Außerdem hatte er selbst angeblich überhaupt keine Tätowierungen … glauben Sie, ›der Albino‹ und ›Don‹ wären ein und dieselbe Person?«

»Ich weiß es nicht – um ihn zu durchleuchten, müsste ich seinen echten Namen kennen!«, gab Mona ungeduldig zurück.

»Ich bin ›dem Albino‹ nie persönlich begegnet, aber ich habe einen Kumpel, der ihn getroffen haben könnte. – Darf ich telefonieren?«

»Meinetwegen«, erwiderte Mona. Sie war nicht sicher, ob Schöller wirklich etwas wusste oder nur jede Menge heißer Luft produzierte.

Er behauptete, einen Tätowierer kontaktieren zu wollen, der inzwischen in Hamburg auf St. Pauli arbeitete. Das Gespräch dauerte nur kurz, dann wandte Schöller sich wieder den Ermittlern zu: »Mein Freund Chris kennt ›den Albino‹, hat sich sogar von ihm mal einen Drachen auf die Wade stechen lassen! Der Mann heißt Lauer, Matthias Lauer!«

Die Kommissarin machte sich eine Notiz: »Das hilft uns weiter, besten Dank! Wir werden diesen Herrn auf jeden Fall genauer unter die Lupe nehmen. – Sie können nun gehen. Ich schätze, die Autofähre müssten Sie noch erwischen können.«

Schöller stand langsam auf, er wirkte irritiert: »Ich hoffe wirklich, dass Sie den Kerl hinter Gitter bringen. Luisa hatte es nicht verdient, so zu sterben.«

Der Tätowierer verließ den Verhörraum. Er bewegte sich langsam, als ob er in Trance wäre. Ob seine Gefühle für Luisa wirklich

echt gewesen waren? Mona wollte ›Don‹ auf jeden Fall finden –
und ihm den Mord nachweisen, falls er sich schuldig gemacht
hatte. Das war der größte Gefallen, den sie Schöller tun konnte.

»Ich bin nicht sicher, ob der Tätowierer wegen seiner Mitwis-
serschaft an einer Erpressung belangt werden kann«, meinte Enno
nachdenklich und fügte hinzu: »Dass Luisa nicht mehr lebt, macht
die Sache nicht leichter.«

»Wir schreiben einen Bericht, dann soll die Staatsanwaltschaft
entscheiden.«

»Das wirst du als meine Sekretärin dann wohl erledigen … aua!«
Enno beendete seinen Satz mit einem Schmerzenslaut, denn
Mona hatte ihm in die Flanke geboxt – allerdings so sanft, dass es
nicht wirklich wehgetan haben konnte. Die Kommissarin ging in
ihr Büro zurück und stellte ihren PC an. Es dauerte nicht lange,
bis sie ein Ergebnis vorweisen konnte: »Ich habe ihn! Es gibt eine
interessante elektronische Fallakte zu Matthias Lauer. Er hat drei
Vorstrafen auf dem Kerbholz, wegen Körperverletzung, Widerstand gegen Vollstreckungsbeamte und Nötigung.«

»Ein echter Sympathieträger«, kommentierte ihr Kollege.
Mona fuhr fort: »Von Tätowierungen steht hier nichts, aber
Lauer hat ein Kunststudium abgebrochen. Er wird also einige
Techniken gelernt haben, die er dann mit Tinte und Nadel weiter-
entwickelt hat. Und schau dir die erkennungsdienstlichen Fotos
von ihm an. Er weist wirklich keine Tätowierungen auf, wobei die
Bilder vor ein paar Jahren gemacht wurden. Seit seiner letzten
Haftentlassung vor vier Jahren hat er sich entweder nichts mehr
zuschulden kommen lassen oder wurde einfach nicht erwischt.«

Der Oberkommissar schaute sich nun ebenfalls die Aufnahmen
an: »Die Stirnglatze ist hier noch nicht so ausgeprägt, aber der
Haarausfall kommt manchmal schneller, als man denkt.«

»Damit hast du ja keine Last«, erwiderte sie und strich über
seinen grauen Bürstenschnitt.

»Schauen wir auf dem Weg zur *Pension Andersen* noch bei der
Touristeninformation vorbei?«, fragte Enno.

Mona nickte. Da alle Borkumbesucher ihre Kurtaxe über ihre
Gastgeber zentral dort abführen mussten, ließ sich jedem Urlauber oder Kurgast seine Unterkunft zuordnen. Der Pavillon am

Georg-Schütte-Platz befand sich nicht weit von der Polizeistation entfernt. Die Ermittler waren von den Mitarbeitern schon öfter unterstützt worden. Und auch diesmal blieb ihr Besuch nicht ohne Ergebnis: Ein Tourist namens Matthias Lauer wohnte seit einer Woche im *Hotel Teutonia*.

Kapitel 10

»Also könnte Lauer der Mann mit Halbglatze sein, der um den Frisörladen herumgeschlichen ist!«, überlegte Mona. Sie hatte viel über die Beziehung zwischen Luisa und ›Don‹ nachgedacht, seit sie erstmals von diesem Mann gehört hatte. Ob Lauer alias ›Don‹ der Täter war? Fleurs Beschreibung der Statur des Mörders passte nicht zu Lauers Körperbau – und auch Frau Willms hatte den Unbekannten vor dem Schaufenster als »mickrigen Mann« bezeichnet. Dies deckte sich auch mit den erkennungsdienstlichen Daten aus Lauers Strafakte. Er war nur unwesentlich größer als die nur eins dreiundsechzig lange Kommissarin, und besonders viele Kilos brachte er nicht auf die Waage – obwohl sich das Gewicht im Gegensatz zur Körpergröße natürlich ändern konnte. Die Kommissare bedankten sich bei den Angestellten der Touristeninformation für die Auskunft und verließen den Pavillon. Mona schaute Richtung Nordsee, wo das *Hotel Teutonia* mit seinem unverbaubaren Meeresblick schon seit der Regierungszeit des letzten deutschen Kaisers an der Jann-Berghaus-Straße stand.

»Bevor wir uns auf Lauer konzentrieren, sollten wir uns mit Dr. Richters Geliebter befassen«, meinte der Oberkommissar. »Falls der Jurist die Tat begangen hat, könnte sie eine wichtige Zeugin sein – indem sie uns unabsichtlich wichtige Details verrät.«

»Du denkst also, dass diese Frau nicht die hellste Kerze auf der Torte ist?«

»Das habe ich nicht gesagt«, stellte Enno lächelnd klar, »aber ich bin auf jeden Fall neugierig auf die Überraschung, die sie Dr. Richter bereiten wollte, wenn du dich an die Bandaufnahme erinnerst.«

Während die Kommissare miteinander sprachen, gingen sie wieder Richtung Süderstraße. Es war noch zu früh am Nachmittag, deshalb hatte Andersen noch nicht den Feierabend eingeläutet. Die Sonnenterrasse vor seiner Pension war verwaist. Als die Ermittler das Gebäude betraten, hörten sie das Klirren von Tassen und Tellern. Es drang aus der Küche. Sie gingen dorthin und trafen auf den Besitzer, der höchstpersönlich die Geschirrspülmaschine ausräumte. Er blickte auf, als er die Besucher wahrnahm: »Da seid ihr ja schon wieder! Gibt es eine Spur zum Mörder?«

»Wir gehen verschiedenen Hinweisen nach«, gab Enno zurück, »momentan benötigen wir den Namen deines Pensionsgastes aus Zimmer Nummer 9.«

Diese Bitte schien Andersen zu erschrecken: »Aber das ist eine ganz harmlose junge Frau, die hat bestimmt nichts mit Luisas Tod zu schaffen!«

»Sie könnte eine wichtige Zeugin sein, Arnold«, betonte Mona ungeduldig, »also gib uns bitte ihren Namen und am besten auch noch ihre Mobilnummer.«

»Moment, die Angaben stehen in meinem Gästebuch.«

Der Pensionswirt verließ widerwillig die Küche und ging in den kleinen Verschlag, der ihm als Büro diente. Er griff nach einem großen Folianten, in den er die Daten seiner Mieter eintrug. Die Frau hieß Alina Brunner, und ihre Handynummer konnte er ebenfalls nennen. Aber die Kommissarin war noch nicht zufrieden: »Als wir das letzte Mal miteinander sprachen, hast du ein wenig seltsam reagiert, Arnold. Es ging um die Frage, ob Luisa auf ihrem Zimmer Besuch empfangen hat oder nicht.«

Andersen verschränkte die Arme vor der Brust, eine klassische Abwehrhaltung.

»Ich weiß nicht, was du von mir hören willst, Mona. Ich spioniere meinen Gästen nicht hinterher. Ich sehe es nur nicht gern, wenn Fremde hier übernachten, ohne dass ich es erfahre. Aber das kommt nur sehr selten vor.«

Die Kommissarin besaß einen sechsten Sinn für Heimlichkeiten. Sie tastete sich weiter vor: »Haben Luisa Stroth und Alina Brunner Freundschaft geschlossen? Die beiden reisten ja allein und waren ungefähr in derselben Altersgruppe, schätze ich.«

Der Pensionswirt schnaubte verächtlich durch die Nase. »Ja, aber das ist auch die einzige Gemeinsamkeit der beiden! Sie waren so unterschiedlich, wie man nur sein kann!«

Enno legte ihm seine Hand auf die Schulter: »Du solltest Ross und Reiter nennen, Arnold. Dass zwischen dir und Luisa so etwas wie Freundschaft entstanden ist, haben wir schon bemerkt. Dagegen spricht auch überhaupt nichts. Aber ich werde das Gefühl nicht los, dass du auf Alina Brunner nicht so gut zu sprechen bist – obwohl du sie eben gerade noch als ›harmlose junge Frau‹ bezeichnet hast.«

Andersen reagierte nicht sofort. Er legte das Gästebuch wieder weg und stieß langsam die Luft aus den Lungen. Dann sagte er: »Euch kann man so leicht nichts vormachen, oder? Na ja, es ist euer Job, die Menschen zu durchschauen. – Ich hatte einfach Bedenken oder Sorgen, dass diese Alina einen schlechten Einfluss auf Luisa hätte.«

Das klingt fast so, als ob du ihr Papa wärst, dachte Mona. Vielleicht waren Andersens Gefühle für Luisa ja wirklich väterlicher Natur gewesen, aber ihr ging es jetzt um etwas anderes: »Das ist mir zu ungenau, Arnold. Wovon sprichst du? Nimmt Alina Drogen? Oder beklaut sie die anderen Gäste?«

Andersen wand sich wie ein Aal. Die Antwort fiel ihm sichtlich schwer: »Ich halte Alina Brunner für eine Gelegenheitsprostituierte, beweisen kann ich es allerdings nicht. Mir ist klar, dass Sex gegen Geld grundsätzlich nicht mehr strafbar ist – aber wir leben hier auf einer Insel. Ich möchte nicht, dass der Ruf meiner Pension nachhaltig beschädigt wird.«

Die Kommissarin konnte seine Bedenken verstehen. Der Kuppeleiparagraf war zwar schon in den Siebzigerjahren des vorigen Jahrhunderts abgeschafft worden – aber wenn sich herumsprach, dass eine junge Frau in seinem Beherbergungsbetrieb Herrenbesuch gegen Geld empfing, dann konnte dies üble Folgen für ihn haben – nicht zuletzt durch vernichtende Rezensionen in Online-Bewertungsportalen.

»Kannst du deinen Verdacht denn begründen?«, wollte der Oberkommissar wissen.

»Wartet ab, bis ihr Alina Brunner persönlich kennenlernt, Enno – dann wirst du wahrscheinlich erkennen, warum diese Frau mich misstrauisch gemacht hat. Und zumindest einmal ist mir in meiner Pension ein Kerl über den Weg gelaufen, der mir höchst verdächtig vorkam. Das war bestimmt einer von Alinas ›Kavalieren‹.«

Mona horchte auf: »Wann war das?«

»Vor zwei oder drei Tagen, so genau weiß ich das nicht mehr«, lautete die Antwort. Andersen sprach weiter: »Ich kam gerade vom Einkaufen, da stieg dieser Mann die Treppe zum ersten Stockwerk hinab. Es schien ihm gar nicht recht zu sein, dass er jemandem begegnete. Er wich meinem Blick aus und tat so, als ob er mich nicht bemerken würde. Das war natürlich Unsinn, weil ich mitten auf dem Korridor stand. Er musste an mir vorbei, wenn er die Pension verlassen wollte. Ich grüßte, stellte mich vor und fragte, ob ich etwas für ihn tun könnte. Der komische Kauz nannte seinen Namen nicht. Er behauptete nur, jemanden besucht zu haben und jetzt in Eile zu sein. Ich ließ ihn vorbei und war froh, dass dieser Typ aus meiner Pension verschwand. Und ich wette, dass er ein Kunde von Alina Brunner gewesen ist!«

»Könntest du die Person genauer beschreiben?«, bat Mona.

Andersen nickte und skizzierte mit seinen Worten einen Mann, bei dem es sich ziemlich sicher um Matthias Lauer handelte.

»War Alina Brunner denn anwesend, als dieser Mann auf der Bildfläche erschien?«, wollte Enno wissen.

»Das kann ich nicht mit Bestimmtheit sagen«, erwiderte Andersen, »denn nachdem er fort war, bin ich in die Küche und in die Vorratskammer gegangen, um meine Einkäufe zu verstauen. Das hat ungefähr eine halbe Stunde gedauert. Während dieser Zeit sind einige Gäste gegangen und gekommen, sie haben ja alle einen Schlüssel für die Eingangstür.«

Und wenn der Verdächtige nicht bei Alina, sondern bei Luisa war? Diese Überlegung sprach die Kommissarin nicht offen aus. Stattdessen sagte sie: »Wie sieht es denn momentan aus? Hält Alina Brunner sich momentan in ihrem Zimmer auf?«

»Das glaube ich nicht, Mona. Nach dem Frühstück ist sie weggegangen, hatte Strandsachen dabei. Entweder bräunt sie sich irgendwo in der Sonne oder sie sitzt im *Strand 5*. Ich habe mal mitbekommen, dass sie sich dort gern aufhält.«

»Wir werden die junge Dame schon finden«, behauptete Enno mit seiner üblichen Zuversicht, »und du bewahrst bitte Stillschweigen darüber, dass wir uns nach ihr erkundigt haben.«

»Das versteht sich von selbst«, versicherte Andersen. »Und falls dieser Kerl hier noch einmal auftaucht, rufe ich euch sofort an!«

Die Kommissare verabschiedeten sich und traten auf die Süderstraße hinaus. Während sie langsam am evangelisch-lutherischen Friedhof vorbei in Richtung Nordsee gingen, meinte Enno: »Ich glaube nicht, dass Lauer sich hier noch einmal sehen lässt.«

»Dann denkst du also auch, dass unser Verdächtiger Luisa und nicht Alina besucht hat?«, vergewisserte seine Kollegin sich.

Enno erwiderte: »Ja, wobei ich nicht beschwören würde, dass er wirklich zu ihr aufs Zimmer gegangen ist. Vielleicht wollte er auch einfach nur genau auskundschaften, wo sie lebt. Und ob Alina Brunner wirklich eine Sexarbeiterin ist oder völlig in ihrer Rolle als Dr. Richters Geliebte aufgeht – darüber möchte ich mir kein Urteil erlauben. Es ist auffällig, wie groß sein Interesse an Luisa Stroth war. Und sein Erscheinen in der *Pension Andersen* geschah wohlgemerkt *vor* dem Mord.«

»Was für ein Glück, dass Arnold ihn gesehen hat und notfalls identifizieren könnte«, sagte Mona grimmig. »Und ich hoffe sehr, dass Lauer diesen Besuch leugnet, wenn wir ihn darauf ansprechen. Eine Lüge bei einer Mordermittlung trägt nicht gerade zur Glaubwürdigkeit bei.«

Während die Kommissare miteinander sprachen, gingen sie auf das Traditionslokal *Heimliche Liebe* zu. Dort endete die Süderstraße, und man konnte die Strandpromenade überqueren und auf einer der metallenen Treppen direkt hinunter zu dem breiten Sandband vor der Nordsee gelangen. Wenn man sich hingegen von der *Heimlichen Liebe* aus nach rechts wandte, war es nicht weit zum *Strand 5*. Die Kommissare legten die wenigen hundert Meter auf der breiten Promenade zurück.

»Lass uns im Lokal nachschauen, bevor wir Alina Brunner zwischen all den anderen Bikini-Schönheiten suchen wie die Nadel im Heuhaufen«, schlug Mona vor. »Natürlich könnten wir sie anrufen, aber ich bin ja eine Freundin des Überraschungseffekts, wie du weißt.«

»Das kann man wohl sagen«, gab Enno schmunzelnd zurück.

Die Ermittler betraten die vollbesetzte Terrasse vom *Strand 5*. Sie wussten nicht, wie Dr. Richters Geliebte aussah – nur, dass es sich um eine junge Person handeln musste. Insgesamt saßen drei Frauen jeweils allein an einem Tisch, aber zwei von ihnen waren eher in Ulrike Richters Alter. Die dritte hingegen wurde von der Kommissarin auf Mitte zwanzig geschätzt. Diese Frau trug ein lindgrünes Strandkleid sowie Sandalen mit Keilabsatz. Sowohl ihr Armreif als auch ihre Halskette schienen teure Einzelanfertigungen zu sein. Ihre ebenmäßige Sonnenbräune zeugte davon, dass sie viel Zeit an der frischen Luft verbrachte. Ihr dunkelblondes Haar war stufig geschnitten und fiel bis auf die Schultern. Sie hatte einen knallroten Drink vor sich und beschäftigte sich konzentriert mit ihrem Smartphone. Offenbar schrieb sie gerade eine Nachricht, ihre Daumen bewegten sich mit einem beachtlichen Tempo auf dem Display. Mona trat an ihren Tisch heran und zeigte ihren Dienstausweis: »Moin, sind Sie Alina Brunner?«

Die junge Frau nahm ihre Sonnenbrille ab und richtete einen kalten Blick ihrer grünen Augen auf die Kriminalistin. »Wer will das wissen?««

»Ich bin Kommissarin Sander, das ist Oberkommissar Moll. Wir sind von der Polizei Borkum und müssen Ihnen einige Fragen stellen.«

Die Ermittlerin hatte nicht allzu laut gesprochen, damit die Urlauber an den anderen Tischen nichts von der Unterhaltung mitbekamen.

»Ich weiß nicht, was Sie von mir wollen«, gab die Frau schnippisch zurück. »Und ja, ich bin Alina Brunner. Das ist ja wohl kein Verbrechen, oder?«

»Das war die falsche Antwort«, sagte Mona und setzte sich auf einen freien Stuhl, ohne dazu aufgefordert worden zu sein. »Wenn Sie nicht hier mit uns sprechen wollen, dann müssen wir die Befragung auf der Wache durchführen. – Übrigens gefällt mir Ihre Tätowierung. Sie stammt von Luisa Stroth, nicht wahr? Ich kenne ihren unverwechselbaren Stil. Es ist wirklich bedauerlich, dass die Künstlerin erschossen wurde. Mein Kollege und ich sind mit der Aufklärung dieses Verbrechens beauftragt – das im Zusammenhang mit einer Erpressung stehen dürfte.«

Alina Brunner riss die Augen auf und atmete tief durch – wahrscheinlich, um sich zu beruhigen.

»Ich sage nichts ohne meinen Anwalt.«

Dieser Satz kam ihr sehr schnell über die Lippen. Wahrscheinlich war sie von Dr. Richter auf einen möglichen Polizeibesuch vorbereitet worden. Aber der Jurist hatte Mona nur als schweigsame Assistentin oder »Sekretärin« des Oberkommissars kennengelernt. Jetzt wollte sie diese Rolle nicht mehr spielen: »Ich bin verwundert, Frau Brunner. Wir werfen Ihnen gar nichts vor, verdächtigen Sie keiner Straftat. Natürlich können Sie juristische Unterstützung in Anspruch nehmen. Ich frage mich nur – wozu?!«

Mit einer solchen Reaktion hatte sie nicht gerechnet. Alina Brunner verhaspelte sich.

»Ich, äh …«

Offenbar wusste sie nicht, was sie eigentlich sagen wollte. Also redete die Kriminalistin einfach weiter: »Wir haben bereits Erkenntnisse über den Tatverdächtigen. Aufgrund von Zeugenaussagen gehen wir nicht davon aus, dass Sie geschossen haben. Mein Augenmaß, was Körpergrößen angeht, ist recht gut. Sie sind schätzungsweise eins siebzig, richtig? Oder benötigen Sie einen Rechtsbeistand, um diese Frage beantworten zu können?«

Diese ironische Bemerkung hatte Mona sich nicht verkneifen können. Es stimmte, dass sie die Länge und das Gewicht eines Menschen meist ziemlich treffend einschätzen konnte. Da spielte es auch keine Rolle, dass sie Alina Brunner bisher nur sitzend und nicht stehend gesehen hatte.

»Ich bin eins neunundsechzig«, gab die junge Frau mit tonloser Stimme zurück. Der Kommissarin ging es darum, ein Vertrauensverhältnis zu ihr aufzubauen. Je mehr Mona von Alina über die Affäre mit Dr. Richter erfuhr, desto besser war es für die Ermittlung. Dass dieser Mann in den Frisörsalon gestürmt war, stand für die Kommissarin inzwischen fest. Sie war sicher, dass Fleur ihn bei einer Gegenüberstellung wiedererkennen würde. Aber hatte der Jurist auch den Mord begangen?

»Sie sollten sich genau überlegen, wie Sie sich verhalten wollen«, riet Mona.

Es gab eine kurze Unterbrechung, weil eine Bedienung erschien. Enno, der ebenfalls Platz genommen hatte, bestellte Mineralwasser für seine Kollegin und sich. Als die Kellnerin wieder verschwunden war, sprach die Kommissarin weiter: »Eine Ihnen nahestehende Person hat sich verdächtig gemacht, so viel darf ich Ihnen verraten. Sie wissen vermutlich genau, um welche Erpressung es geht. Wenn Sie uns alles sagen, was Ihnen bekannt ist, kann sich dies nur positiv für Sie auswirken. Falls Sie aber weiterhin mauern, könnte man das als Beihilfe zur Verdunkelung oder sogar Komplizenschaft auslegen. Aber wahrscheinlich ist es wirklich besser, wenn Sie unter diesen Umständen anwaltlichen Rat einholen.«

Alina Brunner nagte an ihrer Unterlippe. Ihr war anzusehen, dass sie sich gar nicht wohl in ihrer Haut fühlte. »Ich habe nichts Schlimmes getan!«, stieß sie nach einer längeren Pause hervor.

»Erzählen Sie uns doch einfach, was Sie wissen«, schlug Enno vor. »Wenn Sie selbst nicht gegen Gesetze verstoßen haben, müssen Sie nichts befürchten. Aber es kann auch eine Straftat sein, wenn man von einem Verbrechen erfahren hat und es nicht meldet.«

Die junge Frau nahm einen Schluck von ihrem Drink. Die Bedienung brachte das Mineralwasser. Nachdem sie wieder verschwunden war, begann Alina Brunner zu sprechen: »Ich habe mich vor einiger Zeit in einen verheirateten Mann verliebt. Das finden Sie wahrscheinlich falsch, aber gegen meine Gefühle bin ich nun einmal machtlos.«

»Wir sind Polizisten und keine Moralapostel«, stellte Mona klar. »Wie heißt dieser Mann?«

»Dr. Daniel Richter. – Und für ihn habe ich mir mein neues Tattoo stechen lassen.«

Sie deutete auf das Motiv, das ihren linken Oberarm bedeckte. Es war eine Art Fantasy-Szene – eine elfenhafte Gestalt in einem langen hellen Gewand, die aus einer Dornenhecke voller Schlangen und Ungetüme emporstieg.

»Ich sagte ja schon, dass ich die Darstellung mag – ist das die Überraschung, die Sie Dr. Richter telefonisch angekündigt hatten?«

»Sie wissen davon?«, lautete die verblüffte Gegenfrage.

»Ja, Luisa hatte im Behandlungsraum ein Diktiergerät versteckt, mit dem sie Ihr Telefonat mit Ihrem Liebhaber aufgenommen hat. Diese Audiodatei war offenbar das Material, mit dem sie Dr. Richter unter Druck setzen wollte«, erklärte die Kommissarin.

»Daniel war sehr wütend, als er das Erpresserschreiben erhielt«, berichtete Alina. »Er wollte von mir wissen, ob ich mit jemandem über unser … Verhältnis gesprochen hätte. Vielleicht mit einer Freundin oder einer Verwandten. Das konnte ich verneinen. Aber ich erzählte ihm natürlich, dass ich bei der Tätowiererin gewesen bin, weil ich ihm mit dem neuen Motiv eine Freude machen wollte. Aber dass Luisa mich so hintergeht und von Daniel Schweigegeld fordert, hätte ich nie von ihr gedacht. Ich hatte angenommen, wir seien Freundinnen!«

Da bist du nicht die Einzige, dachte Mona. Sie fragte: »Wie hat Dr. Richter reagiert, nachdem er von dem Tattoo erfahren hatte?«

»Er wurde wütend, hatte sich aber schlagartig wieder unter Kontrolle. Er ist kein Mann, der seinen Gefühlen freien Lauf lässt. Er wollte genau wissen, wie mein Treffen mit der Tätowiererin abgelaufen war. Ich berichtete ihm auch, dass Luisa und ich in derselben Pension wohnten. Vielleicht hat er angenommen, dass sie mich ausspioniert hatte, als er mich auf meinem Zimmer besuchte. Jedenfalls wollte er sich um die Sache kümmern.«

»Das kann ja viel bedeuten«, stellte die Kommissarin fest. »Dr. Richter hätte zur Polizei gehen, der Erpresserin eine Szene machen – oder sie töten können.«

Alina Brunner riss die Augen weit auf: »Sie glauben, Daniel hätte Luisa umgebracht? Dazu wäre er niemals fähig!«

Auf diese Behauptung ging Mona nicht ein. Stattdessen fragte sie: »Wann haben Sie denn vom Tod der Tätowiererin erfahren?«

»Irgendwann gestern Abend kurz vor Mitternacht«, behauptete Alina Brunner. »Die Nachricht verbreitete sich rasend schnell in den sozialen Medien, unter dem Hashtag *#BorkumTattooKill*.«

War diese Aussage glaubhaft? Die Bluttat hatte sich mitten im Zentrum der Insel abgespielt, die Anwesenheit von Polizei und Rettungsdienst würden viele Menschen mitbekommen haben.

Vielleicht hatte sich Fleur Doorn auch schon Freundinnen anvertraut, um ihrem Herzen Luft zu machen. Und es reichte ein einziger Wichtigtuer, um im Internet unbestätigte Behauptungen zu posten und sich an der Aufmerksamkeit zu erfreuen. Die Kommissarin überprüfte die Behauptung sicherheitshalber. Sie zog ihr Smartphone aus der Tasche und gab den entsprechenden *Hashtag* ein. Prompt erschienen etliche Kurzvideos auf dem Display ihres Telefons. Mona steckte das Gerät wieder ein und schaute der jungen Frau direkt in die Augen: »Das ist aber nicht die ganze Wahrheit, oder?«

Alina Brunner wich ihrem Blick aus. »Nein, Frau Sander. – Daniel muss die Neuigkeit auch aufgeschnappt haben. Jedenfalls schickte er mir noch in der Nacht eine Textnachricht und schärfte mir ein, nicht ohne Anwalt mit der Polizei zu sprechen.«

Und doch hast du es jetzt gerade getan, sagte die Kommissarin in Gedanken zu ihr. Dann fragte die Ermittlerin: »Wo waren Sie eigentlich gestern zwischen 18 Uhr und 18.15 Uhr?«

»Da bin ich hier gewesen, im *Strand 5*. Ich habe sogar an diesem Tisch gesessen, das ist mein Lieblingsplatz!«

Nachdem Alina Brunner diesen Satz gesagt hatte, stand Enno wortlos auf und verließ den Außenbereich des Lokals. Wenig später kehrte er zurück: »Die Bedienung und der Barkeeper haben Ihre Angaben bestätigt. Sie waren allein hier, nicht wahr?«

»Ja, ich wollte eigentlich Daniel treffen.« Sie machte eine kurze Pause und fügte hinzu: »Aber er ist nicht erschienen.«

Kapitel 11

Die Kommissare hatten für den Moment genug gehört. Mona legte eine ihrer Visitenkarten auf den Tisch.

»Bitte kommen Sie morgen auf die Wache, damit wir Ihre Aussage schriftlich festhalten können.«

»Habe ich Daniel jetzt in Schwierigkeiten gebracht?«, fragte Alina Brunner ängstlich.

»Die Wahrheit zu sagen ist nie ein Fehler«, versicherte die Kommissarin, bevor sie und ihr Kollege sich verabschiedeten.

Nachdem die Ermittler wieder auf die Promenade hinausgetreten waren, fragte Mona: »Haben wir den Mörder jetzt festgenagelt?«

»Vergiss nicht, dass Dr. Richter ein Alibi für die Tatzeit hat.«

»Sehr lustig, Enno – ein Alibi, das er seiner Ehefrau verdankt. Die wird ihm doch alles bestätigen, was er hören will. Vor allem, wenn sie nicht mehr ganz nüchtern ist.«

»Ich halte Ulrike Richters Angaben ja auch für eher unglaubwürdig, trotzdem müssen wir beweisen, dass ihr Ehemann am Tatort war. Es wäre hilfreich, auch die Aussage der Tochter zu hören. Hast du schon versucht, sie zu erreichen?«

»Das werde ich jetzt sofort tun.«

Mit diesen Worten zog Mona ihr Smartphone und ihr Notizbuch hervor und rief Lara Richter an. Doch sie konnte nur Kontakt mit der Mailbox aufnehmen: »Moin, hier spricht Kommissarin Sander von der Polizei Borkum. Bitte rufen Sie mich umgehend zurück, ich habe einige wichtige Fragen.«

Sie steckte das Telefon wieder ein.

»Dann nehmen wir uns jetzt gewiss Matthias Lauer vor?«, fragte Enno.

»Ja, ich möchte zu gern erfahren, wie dieser Mann tickt.«

Da die Ermittler sich schon auf der Promenade befanden, setzten sie ihren Weg zu Fuß fort. Der Strand unterhalb der Promenade war so gut besucht, wie man es an einem sonnigen Sommertag erwarten konnte. Lenkdrachen bevölkerten den Himmel, etliche Wassersportler vergnügten sich mit Kitesurfen. Und auch die

Strandsegler waren wieder aktiv, was Mona an einen Fall erinnerte, als ein Urlauber an Bord eines solchen dreirädrigen Fahrzeugs ums Leben gekommen war.

»Lauer kann nicht der Mörder sein, wenn die Beschreibung des Maskierten zutrifft«, gab der Oberkommissar zu bedenken, »und es gibt ja auch noch den Overall, den du gefunden hast. Ich bin überzeugt davon, dass er dem Täter gehört. Warum hätte ein kleiner Mann wie Lauer ein Kleidungsstück anziehen sollen, in das notfalls sogar ich hineingepasst hätte? Jedenfalls von der Länge her.«

Enno unterstrich seine Worte, indem er auf seinen Bauch klopfte.

»Selbst wenn Lauer nicht geschossen hat, kann er uns trotzdem die Hintergründe der Tat verstehen helfen«, erwiderte seine Kollegin. Sie fuhr fort: »Ich habe ihn immer noch in Verdacht, mit Luisa telefoniert zu haben, als ich das Tattoo-Studio betrat. Er hat diese Frau terrorisiert und ausspioniert, sogar in der *Pension Andersen*. Es gibt wohl kaum jemanden, der so viel über sie weiß wie er. Wenn dieser Miesling uns dabei helfen kann, den Täter zu finden, dann hat er wenigstens einmal etwas Positives verzapft.«

»Ja, einen Versuch ist es wert. Reden wir also mit Lauer. Ich hoffe nur, dass du nicht direkt auf eine Dienstaufsichtsbeschwerde zusteuerst.«

»Keine Sorge, Enno – ich werde die Ruhe selbst sein!«, versicherte die Kriminalistin. In Wirklichkeit stand für sie keineswegs fest, ob sie ihr Temperament im Zaum würde halten können. Mona verabscheute es zutiefst, wenn Männer sich wie Kletten an Frauen hängten, die schon längst nichts mehr von ihnen wissen wollten. Ganz zu schweigen von dem Verdacht, dass Lauer für den Tod von Schöllers Hund verantwortlich sein konnte. Das waren Dinge, die sie einfach verabscheute – nicht nur als Polizistin, sondern auch als Tierfreundin. Vom *Strand 5* aus konnte man das *Hotel Teutonia* innerhalb von 15 Minuten bequem zu Fuß erreichen. Die Kommissare stiegen auf einer der breiten Steintreppen von der Promenade zur Jann-Berghaus-Straße hoch und betraten das weiß gestrichene Gebäude, das bereits seit dem 19. Jahrhundert den Badegästen Komfort und Erholung bot. Es befand sich seit der Gründung im Familienbesitz; der momentane Eigentümer Dirk Cordsen war meist persönlich anwesend. Er stand gerade hinter der Rezeptionstheke und unterstützte seine Mitarbeiter beim Einchecken einer soeben eingetroffenen größeren Gästegruppe. Doch als er die Ermittler bemerkte, entschuldigte er sich mit einem geschäftsmäßigen Lächeln bei den Wartenden und kam zu Mona und Enno herübergeeilt. Er fuhr sich mit der Handfläche über seine blonden Naturlocken, das war ein nervöser Tick von ihm. Er trug einen Nadelstreifenanzug mit Weste, die hohen Außentemperaturen schienen ihn nicht zu stören.

»Wenn du dich jetzt mit uns beschäftigst, denken die Urlauber, dass wir uns vordrängeln wollen!«, meinte Mona grinsend.

Cordsen rang die Hände. »Wirklich sehr lustig, du solltest Komikerin werden«, gab er mit gedämpfter Stimme zurück. »Wenn ihr auftaucht, dann bedeutet das nichts Gutes.«

»Diesmal benötigen wir nur eine Zeugenaussage von einem deiner Gäste«, sagte Enno beruhigend und fügte hinzu: »Sein Name ist Matthias Lauer.«

Mona konnte Cordsens Unruhe im Grunde verstehen. Erst vor Kurzem hatte er in seinem Hotel einen dreifachen Mörder beherbergt – natürlich ohne von dessen Untaten etwas zu wissen. Die Worte des Oberkommissars kamen bei dem Hotelier jedenfalls gut an: »Ihr habt Glück, Herr Lauer befindet sich im Speisesaal. Ich habe ihn vorhin dort hineingehen sehen.«

»Gut, dann wollen wir dich nicht länger von der Arbeit abhalten, Dirk.«

Die Kommissarin schenkte ihm ein dankbares Lächeln und marschierte an der Rezeption vorbei in den weitläufigen Raum mit den hohen Fenstern, von denen aus man einen wunderbaren Blick auf die Nordsee hatte. Viele Tische waren besetzt – und genau wie im *Strand 5* war es auch diesmal nicht schwer, die gesuchte Person zu finden. Von Lauer besaßen die Ermittler immerhin eine ziemlich gute Beschreibung. Mona steuerte zielsicher auf einen allein sitzenden Mann zu, der Fischfilet mit Brokkoli auf seinem Teller hatte. Dazu trank er Weißwein. Er blickte auf, wirkte angenehm überrascht, als die Kommissarin auf ihn zukam. Er hatte sein weißes Hemd halb aufgeknöpft. Ihr Blick fiel auf seine schmale Brust. Sie kniff die Augen zusammen: »Jetzt verstehe ich, warum Sie sich ›Don‹ nennen – diese tätowierten Figuren auf Ihrer Brust sollen Don Quichotte und Sancho Pansa darstellen, oder?«

Sie hatte ihn ohne einleitende Worte angesprochen, aber er nahm daran keinen Anstoß. »Es freut mich, dass Sie dieses Motiv sofort erkannt haben, aber … kennen wir uns eigentlich? Ich bin sicher, dass ich Sie nicht so schnell vergessen hätte.«

Lauer schien immerhin Manieren zu besitzen, denn er erhob sich von seinem Stuhl und deutete eine Verbeugung an. Er schien flirten zu wollen, worüber die Kommissarin sich nicht wunderte. *Wahrscheinlich gefällt es ihm, dass er zwei oder drei Zentimeter größer ist als ich*, dachte Mona. Aber sie machte schnell deutlich, aus welchem Grund sie ihn aufgesucht hatte.

»Ich bin Kommissarin Sander von der Polizei Borkum. Und dieser Herr ist mein Kollege, Oberkommissar Moll.«

Nun näherte sich nämlich auch Enno. Außerdem hatte sie Lauer ihren Dienstausweis gezeigt. Er hob die Augenbrauen.

»Polizei? Darf ich fragen, was Sie von mir wollen?«

»Wir haben ein paar Fragen, bei denen es um Luisa Stroth geht«, sagte Mona förmlich. Lauer setzte sich wieder.

Er ist nicht darauf eingegangen, dass ich sein Pseudonym ›Don‹ erwähnt habe, machte die Ermittlerin sich bewusst.

»Ich will Ihnen gern Rede und Antwort stehen, aber ich möchte auch weiter speisen«, sagte Lauer im Plauderton. »Dieser Fisch ist nämlich ganz ausgezeichnet, ich möchte ihn ungern kalt werden lassen.«

Die Kommissarin verstand seine Worte als Einladung, Platz zu nehmen. Sie tat es jedenfalls einfach, und Enno folgte ihrem Beispiel.

»Wir untersuchen Luisa Stroths Todesumstände«, sagte Mona, wobei sie jedes Wort betonte und den Verdächtigen genau beobachtete. Er zuckte noch nicht einmal mit der Wimper, ließ aber immerhin Messer und Gabel sinken: »Luisa … lebt nicht mehr?«

»Sie wurde gestern zwischen 18 Uhr und 18.15 Uhr erschossen – hier auf Borkum, in Fleur Doorns Frisörladen«, erklärte die Kommissarin.

»Oh, das bedaure ich sehr«, sagte Lauer. Sein Gesichtsausdruck zeigte weder Trauer noch Schock oder Entsetzen. Er wirkte so neutral, als ob Mona ihm die Wettervorhersage für den nächsten Tag mitgeteilt hätte.

»Ihre Betroffenheit scheint sich in Grenzen zu halten«, stellte Enno fest.

Lauer zuckte mit den Schultern, aber wenigstens widmete er sich nicht wieder seinem Fisch. »Was wollen Sie von mir hören, Herr Moll? Sie werden schon herausgefunden haben, dass Luisa und ich … dass zwischen uns eine ganz enge Bindung herrschte – die aber leider irgendwann zerrissen ist. Ich habe mich inzwischen damit abgefunden, die Vergangenheit kann man nicht wiederaufleben lassen.«

»Nach unseren Informationen haben Sie aber Himmel und Hölle in Bewegung gesetzt, damit Luisa zu Ihnen zurückkehrt«, sagte Mona, wobei sie dem Verdächtigen einen kalten Blick zuwarf.

»Wer behauptet denn so etwas? Wahrscheinlich dieser Stümper, mit dem Luisa in Emden ihr Talent verschwendet hat!«, erwiderte Lauer mit einem aggressiven Unterton in der Stimme. Er hatte seine gefällige Art schnell abgestreift. Der Kriminalistin lag die Bemerkung auf der Zunge, dass Lauer sich am Haustier und am Auto des »Stümpers« gerächt hatte – aber sie bremste sich gerade noch rechtzeitig. Falls er diese Verbrechen begangen haben sollte, hatte er wirklich einen erbärmlichen Charakter. Weder die eine noch die andere Tat ließ sich ihm jedoch nachweisen. Mona versuchte einen anderen Weg einzuschlagen, indem sie auf die Brust-Tätowierung deutete: »Das ist eine ganz ausgezeichnete Arbeit. Wie kommt man auf die Idee, sich Romanfiguren von Miguel de Cervantes auf den Oberkörper bannen zu lassen?«

Ihre Frage schmeichelte dem Verdächtigen offenbar. Mona hatte das Buch über den »Ritter von der traurigen Gestalt« vor Jahren einmal gelesen und sich daran erinnert.

»Gefällt Ihnen das Motiv, Frau Sander? Ja, ich bin ein wenig stolz darauf. Don Quichotte ist für mich der Inbegriff des tragischen Helden. Er kommt mit der Wirklichkeit nicht zurecht, hält Windmühlen für bewaffnete Riesen und seinen alten Klepper für ein stolzes Schlachtross. Und nebenbei bemerkt habe ich mich selbst tätowiert, was höchste Konzentration und größtes Können erfordert.«

»Sie haben sich das Tattoo selbst verpasst?«, hakte sie nach.

Er lächelte verzückt. »Sagt Ihnen mein Stil zu? Ich kann Sie auch tätowieren, wenn Sie es wünschen.«

Mona ging nicht auf das Angebot ein. Stattdessen fragte sie: »Ist dieser Romanheld ein Vorbild von Ihnen? Nennen Sie sich deshalb ›Don‹?«

»Ja, dieser Spitzname ist mir lieber als ›der Albino‹ – so hat man mich nämlich zuvor gerufen. – Sie haben sich anscheinend umfassend über mich informiert. Vielleicht sollten wir das Gespräch unter vier Augen fortführen.«

Versuchte Lauer ernsthaft, sie während der Befragung anzubaggern? Sie legte ihre Hand so auf den Tisch, dass man ihren Ehering nicht übersehen konnte, und erklärte: »Das wird nicht passieren. – Mein Kollege und ich fragen uns, warum Sie nach Borkum gekommen sind, wo Sie doch angeblich das Kapitel Luisa in Ihrem Lebensbuch abgeschlossen haben.«

»Ich muss Ihnen doch wohl nicht erklären, wie bezaubernd diese Insel ist«, begann Lauer. »Für einen Künstler wie mich ist Borkum pure Inspiration.«

»Also haben Sie nicht versucht, den Kontakt zu Luisa wiederaufleben zu lassen?«

»Vorbei ist vorbei, Frau Sander.«

»Ich kann es nicht ausstehen, wenn man uns veräppeln will«, fauchte Mona. »Wir haben Zeugen dafür, dass Sie nicht nur in Luisas Pension waren, sondern auch um den Frisörladen herumgestrichen sind wie ein rolliger Kater!«

Ihre Worte machten den Verdächtigen wütend. Seine Augen blitzten: »Na, und wenn schon! Ich habe mir nichts zuschulden kommen lassen. Luisa war ein sehr launischer Mensch. Man wusste bei ihr nie genau, woran man war. Sie verstand es meisterhaft, Rollen zu spielen und die Leute zu täuschen.«

War diese Einschätzung falsch, nur weil sie aus Lauers Mund stammte? Mona musste sich eingestehen, dass sie ihre Freundin niemals für eine Verbrecherin gehalten hätte – obwohl es normalerweise nicht so einfach war, die Kommissarin an der Nase herumzuführen. Aber ihre Sympathie für Luisa hatte offenbar Monas Urteilsvermögen getrübt.

»Sie kamen nicht von ihr los«, stellte die Kriminalistin fest.

»Wundern Sie sich darüber?«, gab Lauer zurück und fuhr nach Atem ringend fort: »Ich bin nicht der Einzige, der Luisa nachgestiegen ist! Glauben Sie das etwa? Warum suchen Sie nicht nach dieser Blonden, die Luisa auch nicht aus den Augen gelassen hat?«

Ob diese Frau wirklich existierte? Oder versuchte Lauer nur, von sich abzulenken? Mona hatte jedenfalls nicht vor, sich in die Karten schauen zu lassen.

»Wir ermitteln in alle Richtungen«, versicherte sie und forderte: »Beschreiben Sie mir die Person. Wo ist sie Ihnen begegnet?«

Der Verdächtige antwortete nicht sofort. Sein Interesse an dem Fischgericht war erloschen, zumindest rührte er seinen Teller nicht mehr an. Er griff nach seinem Weinglas und leerte es, bevor er antwortete: »Ich habe diese Blonde einige Male in der Nähe des Frisörladens gesehen. Das kann Zufall gewesen sein, so groß ist die Insel ja nicht. Aber als ich in der *Pension Andersen* gewesen bin und mich auf den Rückweg zu meinem Hotel machte, kam die Frau mir entgegen. Da dachte ich mir, dass es sich um einen besonders hartnäckigen Fan von Luisa handeln könnte. Wie gesagt, sie verstand es meisterhaft, Menschen für sich zu begeistern. Das galt für Frauen gewiss ebenso wie für Männer.«

»Dafür sind Sie ja das beste Beispiel«, meinte die Kommissarin trocken. »Und wie sieht diese Blonde nun aus?«

»Sie ist größer als Sie und ich, aber nicht ganz so hochgewachsen wie Herr Moll. Ihr Haar trägt sie kurz geschnitten. Die Augen sind blau, der Mund ziemlich breit und das Kinn ausgeprägt. Ihre Figur würde ich als schlank bezeichnen, beinahe knabenhaft. Jedenfalls kann von ausgeprägten weiblichen Formen keine Rede sein. Sie ist mir drei oder vier Mal über den Weg gelaufen, sie hatte immer Jeans oder Shorts an, außerdem ein weißes oder helles T-Shirt. Also mehr der sportliche Frauentyp, wenn man das so nennen will.«

»Das ist eine ziemlich präzise Beschreibung«, stellte die Kommissarin fest. »Schauen Sie sich alle Damen so intensiv an?«

Es war Mona nämlich nicht entgangen, dass der Verdächtige auch sie intensiv taxierte, seit sie den Speisesaal betreten und ihn angesprochen hatte.

»Ich betrachte die Welt um mich herum eben mit den Augen eines Künstlers«, behauptete Lauer grinsend.

»Das ist schön für Sie. – Ich möchte jetzt gern von Ihnen wissen, wo Sie gestern zwischen 18 Uhr und 18.15 Uhr gewesen sind«, sagte Mona kühl.

Lauer legte den Kopf in den Nacken. Er schien intensiv nachzudenken – oder tat er nur so? »Die Frage kann ich Ihnen leider nicht genau beantworten, Frau Sander. Ich streife gern ziellos über die Insel, um mich inspirieren zu lassen. Dafür gibt es leider keine Zeugen.«

Mona beugte sich vor und schaute Lauer direkt in die Augen: »Das glaube ich Ihnen sogar – Tatsache ist: Die Nachricht vom Tod dieser Frau schien für Sie keine besondere Überraschung zu sein. Und dafür gibt es eigentlich nur zwei plausible Erklärungen: Entweder waren Sie in der Nähe des Tatorts, als die Leiche abtransportiert wurde – oder Sie haben den Mord begangen.«

»Das trauen Sie mir zu?«

Mona konnte nicht einschätzen, ob seine Empörung echt oder gespielt war.

»Sie sind kein unbeschriebenes Blatt«, stellte sie fest, »in der Vergangenheit hatten Sie schon öfter Konflikte mit dem Gesetz.«

Lauer machte eine wegwerfende Handbewegung: »Das ist Schnee von gestern, ich habe mich geändert. Und warum sollte ich eine Frau töten, die ich über alles geliebt habe? – Suchen Sie lieber den wahren Mörder, anstatt mir meine Zeit zu stehlen. Wenn Sie gestatten, würde ich jetzt gern meine Mahlzeit beenden.«

»Ja, kaltes Fischfilet ist eine ganz besondere Delikatesse«, spottete die Ermittlerin, während sie sich von ihrem Stuhl erhob. »Falls wir noch weitere Fragen an Sie haben, wissen wir ja, wo wir Sie finden können. Ach ja, und Ihre Mobilnummer bräuchte ich auch noch.«

Lauer nannte eine Zahlenfolge und fügte hinzu: »Sie können mich gern zu jeder Tages- und Nachtzeit anrufen, *Frau Sander*.« Er betonte die beiden letzten Worte, als ob es sich um einen Kosenamen handeln würde. Die Kommissare verließen das Hotel.

»Was denkst du über den ›Ritter von der traurigen Gestalt‹?«, fragte Enno schmunzelnd.

»Nachdem Luisa nicht mehr unter uns weilt, bin ich offenbar sein neues Objekt der Begierde«, erwiderte Mona. »Oder er flirtet einfach nur mit mir, um die Ermittlungen zu behindern. Ich weiß nicht, was ich von dem Kerl halten soll. Er ist mehrfach rechtskräftig verurteilt worden, also hat er Erfahrung im Umgang mit der Polizei. Wahrscheinlich ist er einfach nur ein Widerling – und seine Nachstellungen sind ihm schwer nachzuweisen.«

»Und was ist mit der Kurzhaarfrisur-Frau, die er bemerkt haben will?«, dachte der Oberkommissar laut nach.

»Entweder ist sie seiner Fantasie entsprungen – oder es handelt sich um Lara Richter, die mich übrigens immer noch nicht zurückgerufen hat. Vielleicht wollte sie herausfinden, was für Geheimnisse ihr Papa hat. Das wäre doch möglich, oder?«

Die Kommissarin wartete keine Antwort auf ihre Frage ab, sondern versuchte eine erneute Kontaktaufnahme mit Lara Richter. Wieder war nur die Mailbox erreichbar. Daraufhin rief sie Dr. Richter selbst an. Er reagierte frostig, als Mona sich bei ihm meldete: »Was gibt es denn jetzt schon wieder?«

»Ist Ihre Tochter inzwischen heimgekommen, Herr Dr. Richter? Ich muss dringend mit ihr sprechen.«

»Ehrlich gesagt ist mir nicht klar, wozu das gut sein soll. Halten Sie Lara etwa für eine Tatzeugin? Ich kann Ihnen versichern, dass dies nicht der Fall ist. Sie hätte es meiner Frau und mir gewiss erzählt.«

»Trotzdem möchte ich gern persönlich mit Ihrer Tochter reden. Und da Lara volljährig ist und nicht das Einverständnis ihrer Eltern benötigt, sollte das eigentlich kein Problem sein.«

»Selbstverständlich nicht … ich werde Lara über Ihren Anruf informieren, wahrscheinlich ist sie immer noch am Strand. – Ich wünsche Ihnen einen schönen Abend, Frau Sander!«

Der letzte Satz klang eher nach einer Verwünschung; aber davon ließ sich Mona nicht irritieren. In ihrem Beruf hatte sie schon wesentlich Schlimmeres erlebt. Während sie telefonierte, hatte auch Enno fleißig auf seinem Smartphone getippt.

»Was tust du gerade?«, wollte sie wissen.

»Ich habe versucht, Lara Richter in den sozialen Medien zu finden … aber es gibt scheinbar viele Frauen, die so heißen. Ich hatte auf ein Foto von der Dame gehofft. Diejenigen Lara Richters, auf die ich gestoßen bin, haben alle keine blonde Kurzhaarfrisur.«

Bevor Mona antworten konnte, klingelte ihr Smartphone. Arnold Andersen war am Apparat: »In meiner Pension ist gerade etwas Merkwürdiges passiert, deshalb habe ich lieber gleich angerufen.«

»Was ist denn geschehen?«

»Eine junge Frau war hier, wollte mit Alina Brunner sprechen. Aber sie ist nicht da, das hatte ich euch vorhin ja auch gesagt …«

»Wir haben sie inzwischen im *Strand 5* getroffen, aber das ist jetzt nicht so wichtig«, erwiderte die Kommissarin. »Wie ging es denn dann weiter mit der jungen Frau? Kam sie dir bekannt vor?«

Andersen antwortete: »Nee, ich hatte sie noch nie gesehen – aber auf Borkum hat man es ja ständig mit wechselnden Urlaubern und Kurgästen zu tun. Im ersten Moment hielt ich sie für eine Freundin von Alina Brunner, aber ich änderte meine Meinung ziemlich schnell.«

»Warum?«

Der Pensionswirt antwortete: »Sie wirkte aggressiv. So, als ob sie auf meinen Gast nicht so gut zu sprechen wäre. Außerdem verlangte sie von mir, ihr Alinas Mobilnummer zu geben. Wenn die beiden Mädels Freundinnen wären, dann hätte sie die doch haben müssen, oder? Schließlich gab ich ihr den Tipp mit dem *Strand 5*, um sie loszuwerden. Das ist ja ein öffentlicher Ort. Wenn die Fremde Alina an die Gurgel gehen wollte, ist das sicher nicht der richtige Platz dafür.«

Monas Puls beschleunigte sich, ihre Handflächen wurden feucht: »Kannst du diese Unbekannte genauer beschreiben?«

»Sie ist groß und schlank, trug eine kurze blaue Hose, ein ärmelloses Top und Sportschuhe. Zu ihrer Frisur kann ich nicht viel sagen, weil sie eine rote Baseballmütze aufhatte. Ihr Haar könnte blond sein, einige Strähnen fielen ihr ins Gesicht. Und sie führte eine Umhängetasche mit sich.«

»Wann war sie bei dir?«, fragte die Kommissarin.

»Das ist jetzt ungefähr eine Viertelstunde her. Ich hätte mich gleich bei dir gemeldet, aber es kam gerade noch ein später Gast mit der Fähre, um den ich mich kümmern musste.«

»Es ist gut, dass du angerufen hast, Arnold. – Enno und ich müssen jetzt los, wir sprechen später weiter. Vielen Dank für die Information.«

Sie beendete das Telefonat und steckte ihr Smartphone wieder ein.

»Hast du alles mitbekommen, Enno?«

»Arnold hat ja laut genug gesprochen. – Ich schätze, wir sollten zum *Strand 5* zurückkehren. Aber diesmal nehmen wir das Auto, es ist keine Zeit für einen gemütlichen Spaziergang.«

Kapitel 12

Zum Glück war es vom *Hotel Teutonia* bis zur Wache nicht allzu weit. Die Kommissare holten ihren Dienstwagen ohne Polizeimarkierung, der auf dem Hof parkte. Während Enno losfuhr, setzte Mona das Blaulicht mit dem Magnetfuß aufs Autodach. Auf die Sirene verzichteten sie, um die Verdächtige nicht vorzuwarnen. Außerdem herrschte nur wenig Verkehr, sodass sie innerhalb weniger Minuten ihr Fahrtziel erreichten. Mona spürte, wie ihre Anspannung stieg. Vieles sprach dafür, dass Luisas Mörderin es nun auf Alina Brunner abgesehen hatte – aus was für Gründen auch immer. Diese Frage konnten die Ermittler stellen, wenn sie die beiden Frauen gefunden hatten – wobei die Kommissarin hoffte, dass sie nicht zu spät kamen. Sicher – das Lokal war ein öffentlicher Platz, wie Andersen treffend festgestellt hatte. Aber – auch der Mord an der Tätowiererin hatte in einem geöffneten Frisörsalon stattgefunden, wo jederzeit Kunden hätten eintreten können! Wenn die Frau mit der Baseballkappe wirklich die Täterin war, dann würde sie sich auch durch die Anwesenheit anderer Menschen nicht von ihren finsteren Plänen abbringen lassen. Diese Gefahr bestand zumindest. Mona war hoch konzentriert, als sie das *Strand 5* betrat. Sie ging sofort zur Sonnenterrasse durch. An dem Tisch, wo zuvor Alina Brunner gesessen hatte, genoss nun ein älteres Ehepaar ihre *Sundowner*. Die Kommissarin wandte sich an die Bedienung, wobei sie unauffällig ihren Dienstausweis zeigte: »Wo ist die junge Frau, die vorhin hier gesessen hat?«

»Das weiß ich nicht«, lautete die Antwort. »Sie hat gezahlt, nachdem ihre Freundin erschienen ist. Die beiden sind dann gemeinsam weggegangen.«

»Wie sah diese Freundin aus?«, fragte Enno.

»Rote Mütze, kurze Hose und bauchfreies Top, vielleicht Mitte zwanzig«, lautete die Antwort.

»Welchen Eindruck hatten Sie von den beiden Frauen? Herrschte zwischen ihnen Feindseligkeit? Im Gastronomieservice entwickelt man doch meist ein ziemlich sicheres Gespür für Stimmungen«, sagte die Kommissarin.

Die Kellnerin erwiderte lächelnd: »Feindselig? Nee, davon kann keine Rede sein. Im Gegenteil, die Freundin hat sie zur Begrüßung umarmt. Und dann sind die beiden eng aneinandergeschmiegt hinausgegangen, als ob sie ein Herz und eine Seele wären.«

Oder weil die Mörderin ihr zukünftiges Opfer unauffällig mit einer Waffe bedroht hat, dachte Mona.

»Wie lange ist das her?«, wollte sie wissen.

»Vielleicht zehn Minuten«, antwortete die Servicekraft. »Ich habe den Tisch abgeräumt und sauber gewischt, und dann kamen auch schon diese Herrschaften und haben Platz genommen.«

Sie deutete auf das Ehepaar. Leider hatte die Kellnerin nicht darauf geachtet, in welche Richtung die zwei Frauen gegangen waren – verständlich, denn auf der vollen Terrasse hatte die Mitarbeiterin alle Hände voll zu tun. Die Ermittler bedankten sich und verließen das Lokal.

»Die Verdächtige hat keinen allzu großen Vorsprung, aber sie könnte von hier aus buchstäblich in alle vier Himmelsrichtungen verschwunden sein«, stellte der Oberkommissar fest. »Außerdem hattest du ja beim Mord an Luisa die Idee, dass der Täter in seinem Auto auf die passende Gelegenheit gelauert hätte. Lass uns davon ausgehen, dass die Baseballmützenfrau über ein Fahrzeug verfügt. Am besten wäre es, Alinas Handy zu orten – falls die Verbrecherin es nicht schon zerstört oder weggeworfen hat.«

Damit war Mona einverstanden. Sie nahm sofort Kontakt mit Oltbeck auf und schilderte die Lage.

»Es herrscht offenbar Gefahr im Verzug«, erwiderte der Chef. Diesmal erwies er sich zum Glück als flexibel: »Lokalisieren Sie das Gerät, ich lasse die Maßnahme von der Staatsanwaltschaft absegnen. Und geben Sie Bescheid, falls Sie Verstärkung benötigen.«

Das ließ sich die Kommissarin nicht zweimal sagen. Sie beendete das Telefonat und tippte Alina Brunners Nummer in die Ortungsapp auf ihrem Smartphone. Während das Programm zu arbeiten begann, schickte die Ermittlerin ein Stoßgebet zum Himmel. Wenn sie eine Verbrecherin gewesen wäre, hätte sie das

Telefon ihres Opfers als Allererstes weggeworfen. Doch die Verdächtige war entweder zu sorglos oder zu nervös, um auf diese Art ihre Spur zu verwischen. Jedenfalls dauerte es nicht lange, bis auf dem Display von Monas Telefon ein Ergebnis zu sehen war. Das gesuchte Gerät wurde durch einen blinkenden roten Punkt symbolisiert.

»Sie sind bei der Greunen Stee, in der Nähe vom Kuckucksturm!«, rief Mona.

Die Ermittler stiegen in ihren Wagen und rasten los. Die Greune Stee war ein weitläufiges naturbelassenes Feuchtbiotop im Borkumer Südwesten, unweit des Südstrandes. Hier gab es nicht nur Moorbirken, Schwarzerlen und Heidekraut, sondern auch eine reichhaltige Tierwelt, vor allem für Sumpfvögel. Das Areal wurde von einigen schmalen Wanderwegen durchzogen. Enno fuhr auf der Emsstraße so nahe wie möglich an die Position heran, wo sich das Handy befand. Der Punkt in der Ortungsapp bewegte sich nicht. War das nun ein gutes oder ein schlechtes Zeichen? Mona sprang aus dem Wagen, sobald ihr Kollege das Auto zum Stehen gebracht hatte. Sie rannte auf dem Wanderweg hinein in die üppig wuchernde urwaldartige Vegetation der Greunen Stee, vorbei am Kuckucksturm. Im Laufen zog sie ihre Dienstwaffe, denn sie hörte einen lauten Hilfeschrei. Plötzlich kam ihr eine Frau mit roter Baseballkappe auf dem Kopf entgegen. Ihr Gesichtsausdruck zeigte eine Mischung aus Entsetzen und Überraschung. Und sie hatte ein blutiges Messer in den Fingern!

»Polizei! Werfen Sie das Messer weg und nehmen Sie die Hände hoch!«, rief die Kommissarin gellend und richtete ihre Pistole auf die Verdächtige. Dabei achtete sie darauf, außerhalb der Reichweite dieser Klinge zu bleiben. Mona hoffte auf jeden Fall, nicht schießen zu müssen.

»Ich … wollte das nicht«, beteuerte die Unbekannte mit brüchiger Stimme. Sie wirkte nicht aggressiv, eher verwirrt – so, als ob sie ihre eigene Tat nicht begreifen konnte.

»Das klären wir – nun aber weg mit dem Messer. Noch einmal sage ich es nicht!«

Das Adrenalin rauschte durch Monas Körper. Sie nahm die momentane Situation ganz besonders intensiv wahr – den frischen

Geruch der grünen Pflanzen nach dem nächtlichen Regenschauer, das Kreischen der Möwen über der nahen Nordsee und das Geräusch von Ennos schweren Schritten hinter ihr. Der Oberkommissar schloss nun keuchend zu ihr auf; wegen seines Alters und Übergewichts konnte er nicht so schnell rennen wie seine Kollegin. Die Täterin erkannte nun, dass Widerstand sinnlos war. Sie ließ die Stichwaffe zu Boden fallen und hob die Hände auf Schulterhöhe. Aus ihrer Kehle drang ein schluchzender Laut. Mona schaute kurz zu Enno hinüber und stellte fest, dass er ebenfalls seine Pistole gezogen hatte. Während er die Baseballkappenfrau in Schach hielt, schob Mona ihre Waffe ins Holster zurück.

»Ich werde Sie jetzt durchsuchen«, kündigte sie an. Als sie sich der Täterin näherte, konnte sie ihren Angstschweiß riechen. Tränen rannen über die Wangen der jungen Frau, ihr Atem ging stoßweise. Weitere Messer oder andere gefährliche Gegenstände hatte die Verdächtige nicht bei sich. Nachdem die Kommissarin die Messerfrau gefilzt hatte, rannte sie tiefer in das Biotop hinein. Besonders weit musste sie nicht vordringen. Schon nach wenigen hundert Metern fand sie Alina Brunner, die auf dem Boden lag und ihre Hände gegen ihre linke Flanke presste. Blut rann zwischen ihren Fingern hindurch. Als sie die Kriminalistin erkannte, entspannten sich ihre verkrampften Gesichtszüge ein wenig.

»Die Gefahr ist vorbei, wir haben die Angreiferin festgenommen«, versicherte Mona, während sie ihr Smartphone hervorholte und den Notarzt sowie einen Rettungswagen anforderte. Ihr lagen etliche Fragen auf der Zunge, aber sie zügelte ihre Ungeduld. Selbst für medizinische Laien stand fest, dass Alina Brunner unter Schock stand. Ihre Versorgung durch einen Arzt hatte jetzt Vorrang.

Schon bald hörte die Kommissarin das Sirenengeheul des sich nähernden Einsatzfahrzeugs. Ein Vorteil des Lebens auf einer kleinen Insel bestand darin, dass Hilfe schnell geleistet werden konnte. Vom Borkumer Stadtkrankenhaus in der Gartenstraße aus war die Greune Stee innerhalb weniger Minuten zu erreichen. Mona blieb bei Alina Brunner, bis Dr. Siemers und zwei Sanitäter im Laufschritt aus Richtung Emsstraße kamen.

»Es wird alles gut«, sagte die Kriminalistin zu der Verletzten. »Ich besuche Sie später in der Klinik.«

Alina Brunner nickte; ihr Gesicht war mit Schweiß bedeckt und bleich wie das einer Toten. Die Kommissarin trat zur Seite, damit die Rettungskräfte in Ruhe arbeiten konnten. Während Dr. Siemers und die Sanitäter sich um die Verwundete kümmerten, kehrte Mona zu Enno und der Täterin zurück. Er hatte ihr inzwischen Handschellen angelegt.

»Ich habe mittlerweile den Namen der jungen Dame erfahren«, teilte der Oberkommissar ihr mit. Nach einer kurzen Sprechpause fügte er hinzu: »Sie heißt Lara Richter.«

»Ach nee«, gab Mona gedehnt zurück, »Sie versuche ich schon seit Stunden telefonisch zu erreichen.«

Mit diesem Satz sprach sie Lara Richter an, erhielt aber keine Antwort.

»Die Verdächtige macht von ihrem Recht auf Schweigen Gebrauch«, sagte der Oberkommissar gleichmütig.

»Auch gut«, gab Mona zurück, »wegen Flucht- und Verdunkelungsgefahr werden Sie ohnehin die kommende Nacht in einer Arrestzelle verbringen.«

Nun fand Lara Richter doch kurzzeitig ihre Sprache wieder: »Könnten Sie meine Eltern benachrichtigen? Sie werden sich Sorgen machen, wenn ich nicht heimkomme.«

Ihre Stimme klang so hell wie die eines kleinen Mädchens, als sie diese Bitte äußerte.

»Keine Sorge, darum kümmern wir uns«, versicherte Enno. Mona zog einen Beweismittelbeutel aus der Tasche und tat das Messer mit der blutigen Klinge hinein. Zuvor hatte sie natürlich Latexhandschuhe übergezogen. Während der Oberkommissar die Täterin schon mal zum Auto führte, ging Mona zu dem Notarzt. Er hatte inzwischen Alina Brunners Wunde verbunden. Die Sanitäter hievten die junge Frau soeben auf eine Trage und setzten sich Richtung Emsstraße in Bewegung.

»Was können Sie mir über die Verletzung sagen, Herr Doktor?«, wollte die Kriminalistin von dem jungen glatzköpfigen Arzt wissen.

»Die Patientin hatte Glück, Frau Sander. Es ist nur eine Fleischwunde, auch wenn diese zunächst stark geblutet hat. Das Messer ist nicht bis in den Bauchraum eingedrungen – es handelt sich um einen Schnitt und nicht um einen Stich. Wenn ich die Verletzung genäht habe, wird hoffentlich eine nicht allzu deutlich sichtbare Narbe zurückbleiben.«

»Danke – dann will ich Sie nicht weiter aufhalten. Ich werde der Frau morgen früh im Krankenhaus einen Besuch abstatten.«

Dr. Siemers nickte Mona lächelnd zu, dann nahm er seine Arzttasche und folgte den Sanitätern. Mona setzte sich im Auto zu Lara Richter auf die Rückbank und behielt sie im Auge. Die Täterin verhielt sich während der Fahrt nicht aggressiv. Auf der Wache übergaben die Kommissare die Verdächtige an Grietje, damit die Polizeimeisterin sie erkennungsdienstlich behandeln konnte. Als letzte Amtshandlung an diesem Arbeitstag rief die Kommissarin Dr. Richter an.

»Sie sind wirklich hartnäckig, Frau Sander«, knurrte der Jurist schlechtgelaunt, als er das Gespräch entgegennahm. Er fuhr fort: »Ich sagte Ihnen vorhin, dass Lara sich umgehend bei Ihnen melden wird, sobald sie …«

»Genau deswegen rufe ich an«, fiel Mona ihm ins Wort, »denn ich muss Sie darüber informieren, dass wir Ihre Tochter festgenommen haben. Lara hat Alina Brunner mit einem Messer angegriffen und verletzt. Der Name sagt Ihnen etwas, nehme ich an. Außerdem besteht der Verdacht, dass Ihre Tochter Luisa Stroth erschossen hat. Sobald weitere Ermittlungsergebnisse vorliegen, informieren wir Sie.«

Für einen Moment herrschte Schweigen. Die Kriminalistin erwartete, am anderen Ende der Leitung ein dumpfes Geräusch zu hören – falls Dr. Richter nämlich in Ohnmacht fallen sollte. Doch als er sich meldete, klang seine Stimme bemerkenswert gefasst.

»Hat Lara sich schon geäußert?«

»Nein. – Sie wurde über ihre Rechte belehrt und schweigt momentan. Sie äußerte lediglich, dass sie es nicht gewollt hätte – was immer das heißen mag«, antwortete Mona.

»Ich werde einen Kollegen hinzuziehen, der auf Strafrecht spezialisiert ist«, schnarrte der Jurist. »Richten Sie meiner Tochter bitte aus, dass Hilfe unterwegs ist und sie nichts weiter sagen soll, bis ihr Verteidiger Kontakt mit ihr aufnehmen kann.«

»Das werde ich tun, Herr Dr. Richter«, versicherte Mona. Daraufhin legte der Jurist wortlos auf. Enno hatte mitbekommen, mit wem seine Kollegin Kontakt gehabt hatte.

»Warum schaust du denn so verblüfft?«, wollte er wissen.

»Ich kam gar nicht mehr dazu, Dr. Richter noch einen schönen Abend zu wünschen.«

Kapitel 13

»Wer ist ›Don‹?«

Diese Frage bekam Mona von ihrem Ehemann gestellt, als sie am nächsten Morgen schlaftrunken die Augen öffnete. Sie lag noch im Bett und hatte Schwierigkeiten damit, aus der Traumwelt zurück in die Wirklichkeit zu kommen. Die Kommissarin schaute zum Wecker. Es kam selten vor, dass sie vor dem Klingeln ihres Weckers aufwachte. Heute war offenbar so ein Tag. Jan war schon munter, hockte auf ihrer Bettkante und hielt eine Tasse Tee in der Hand. Manchmal nahm er einen *Early Morning Tea* zu sich, bevor er sich wieder hinlegte. Sein Beruf als Gastwirt brachte es mit sich, dass er meist erst nach Mitternacht Feierabend hatte und deshalb eigentlich erst am späten Vormittag aus dem Bett fand.

»Wie kommst du denn auf ›Don‹?«, lautete ihre Gegenfrage, während sie sich gähnend aufrichtete und sich einige rotblonde Haarsträhnen aus dem Gesicht strich.

»Du hast im Schlaf mit ihm gesprochen und dem Kerl ein paar üble Schimpfwörter an den Kopf geworfen, die ich nicht wiedergeben möchte.«

»Daran kannst du erkennen, was für eine schlimme Frau du geheiratet hast«, meinte Mona augenzwinkernd. Sie rutschte ein Stück weit in seine Richtung und gab ihm einen Morgenkuss.

»Was ist das für ein Typ?«

»Ein mickriger Tätowierer, der sich für den Größten hält. Ich würde ihn gern einbuchten, habe aber nichts gegen ihn in der Hand. Immerhin scheint er kein Mörder zu sein. Das ist aber auch das einzig Positive, was mir zu ihm einfällt.«

»Jedenfalls scheint ›Don‹ dein Unterbewusstsein auf Trab zu halten«, gab Jan zurück. »Ich hau mich wieder aufs Ohr, da ist noch Tee für dich in der Küche.«

»Du bist ein Schatz. – Ich drehe eine Runde mit Rufus, wir sehen uns dann später.«

Während ihr Mann sich die Bettdecke bis zur Nase hochzog, stand Mona auf, zog sich an und nahm die Hundeleine vom Haken. Dadurch entstand ein leises Geräusch, das von der riesigen Dogge niemals überhört wurde. Der Rüde kam herangewetzt und wedelte begeistert mit dem Schwanz. Auch Mona liebte den frühmorgendlichen Spaziergang mit ihrem vierbeinigen Gefährten, wenn die Insel noch halb in der Nachtruhe verharrte und man den Sonnenaufgang über dem Nordseehorizont betrachten konnte. Es war die beste Stunde des Tages, um ihre Gedanken zu ordnen.

Ob Lara Richter Luisa Stroth erschossen hatte?

Auf den ersten Blick schien alles für ihre Täterschaft zu sprechen. Motiv und Gelegenheit waren zweifellos vorhanden. Wahrscheinlich wusste sie, wie man den Waffentresor ihres Vaters öffnete. Ein Schalldämpfer war zwar nicht in dem Behältnis gewesen, aber den konnten sie auch weggeworfen haben. Und das Motiv? Lara wollte vielleicht mit allen Mitteln verhindern, dass die Ehe ihrer Eltern durch die junge Geliebte ihres Vaters zerstört wurde. Also hatte sie beschlossen, sowohl Luisa als auch Alina zu töten. Diese Überlegungen gingen der Kommissarin durch den Kopf, während Rufus am Hundestrand mit seinen Artgenossen spielte. Dass die Verdächtige für die zweite Tat ein Messer benutzt hatte, fand Mona nicht erstaunlich – immerhin hatte die Polizei die beiden Pistolen des Vaters beschlagnahmt. Und auf einer abgelegenen Insel wie Borkum konnte man sich nicht auf die Schnelle eine neue Schusswaffe besorgen. Trotzdem – Laras Reaktion bei der Verhaftung gab der Ermittlerin Rätsel auf. Es kam ihr so vor, als ob die Frau mit dem Messer über ihre eigene Tat erschrocken wäre. Würde eine Täterin, die bereits einen eiskalt geplanten Mord begangen hatte, so aufgelöst gewesen sein? Und hätte Laras Hass auf Alina nicht viel größer sein müssen als ihre Abneigung gegen die Erpresserin? Immerhin war es nicht die Tätowiererin gewesen, mit der Dr. Richter Ehebruch begangen hatte.

Zumindest Oltbeck wird mit der Verhaftung hochzufrieden sein, dachte Mona. Nachdem sie Rufus bei ihrer Nachbarin Lisa abgeliefert hatte, bei der die Dogge sich tagsüber aufhielt, duschte sie schnell und zog sich frische Kleidung an. Jetzt blieb nur noch Zeit für eine schnelle Tasse Tee, wenn sie pünktlich zum Dienstbeginn auf der Wache erscheinen wollte. Trotzdem war sie fast eine Viertelstunde zu spät, als sie mit hängender Zunge ihr Büro erreichte.

»Moin, Mona. Ich habe dem Chef gesagt, dass du schon da bist«, verkündete Enno lächelnd.

Sie warf ihm eine Kusshand zu: »Es ist immer gut, Rückendeckung zu haben! Gibt es etwas Neues?«

»Ja, Dr. Richters Waffen sind ja gestern noch mit Luftkurier nach Oldenburg geschafft worden. – Es gibt keine Übereinstimmung, Mona. Mit anderen Worten: Die tödliche Kugel wurde weder aus der Glock noch aus der Ruger abgefeuert.«

»Das muss nichts zu bedeuten haben«, meinte die Kommissarin. »Vielleicht hat Laras Vater eine dritte Pistole besessen, die sich nicht mit in dem Waffensafe befand.«

»Ja, das wäre möglich. – Da ist allerdings noch eine andere Sache, die mich stutzig gemacht hat«, berichtete Enno. »Vorhin habe ich einen Blick in die Arrestzelle geworfen. Lara Richter schlief noch – und ihr Haar ist lang, es fällt bis auf die Schultern. Da frage ich mich doch, warum Lauer etwas von einer Frau mit blonder Kurzhaarfrisur gefaselt hat.«

»Es gibt ja auch Kurzhaarperücken«, stellte seine Kollegin fest, »aber ehrlich gesagt halte ich Lara Richter nicht für Luisas Mörderin. Dass sie Alina Brunner mit dem Messer angegriffen hat, ist unstreitig. Sie schien erschrocken über ihre eigene Tat zu sein – das passt nicht zu einer Frau, die schon einen brutalen Mord begangen hat.«

Der Oberkommissar nickte langsam: »Ja, da bin ich ganz bei dir. – Wenn Lara nicht geschossen hat, wer war es dann? Ihr Vater, mit einer anderen Waffe, die er verschwinden ließ? Dr. Richter kann als Sportschütze jedenfalls mit Pistolen und Revolvern umgehen.«

Bevor Mona etwas entgegnen konnte, kam Grietje hereingeplatzt – wie üblich, ohne vorher anzuklopfen: »Moin, hier ist Besuch für euch!«

Sie trat zur Seite, um Janina Glettner hereinzulassen. Tammos heimliche Geliebte schien sich gar nicht wohlzufühlen. Sie trat zögernd ein, konnte weder Mona noch Enno in die Augen sehen. Die Kommissarin bot ihren Besucherstuhl an: »Moin, was können wir für Sie tun?«

Janina Glettner setzte sich auf den äußersten Rand des Stuhls. Es dauerte noch einen Moment, bis sie mit der Sprache herausrückte.

»Ich habe die ganze Nacht lang nicht geschlafen ... es geht um diesen Mann mit den dunklen Locken ...«

»Was ist mit ihm?«, hakte Mona ungeduldig nach.

»Also, ehrlich gesagt gibt es ihn gar nicht«, flüsterte Janina Glettner.

»Wie schön, dann muss ich ja nicht nach Venedig fliegen, um den *Gondoliere des Todes* zu suchen!«, wütete die Kommissarin. Dann sagte sie: »Scherz beiseite – warum wollten Sie uns auf eine falsche Fährte locken?«

»Ich befürchtete, dass Tammo wirklich etwas mit dem Mord zu tun haben könnte ... aber es kommt mir falsch vor, Ihnen solche Märchen aufzutischen.«

»Das Vortäuschen einer Straftat verstößt ebenfalls gegen Gesetze«, erklärte Enno.

Die junge Frau riss die Augen weit auf: »Wirklich? Das habe ich nicht gewusst.«

Ja, weil du doof bist!, dachte Mona genervt. Sie sagte: »Schön, dann haben wir jetzt einen Verdächtigen weniger. Es ist gut, dass Sie jetzt ehrlich waren. Und nun gehen Sie bitte, wir haben zu arbeiten.«

»Ich hoffe, dass Sie den Mörder finden«, beteuerte Janina Glettner und schlich hinaus wie ein geprügelter Hund.

»Sie könnte einem beinahe leidtun – wie gut, dass wir diesen Hinweis ohnehin nicht intensiv verfolgt haben«, meinte Enno mit seiner üblichen Gemütsruhe.

»Ja, und wenn sie Glück hat, wird die Staatsanwaltschaft keine Anklage gegen sie erheben«, erwiderte Mona. Sie fügte hinzu: »Ich sage es nicht gern, aber wir werden Oltbeck jetzt auf den neuesten Stand der Ermittlungen bringen müssen.«

Wenig später saßen die Kommissare im Dienstzimmer ihres Vorgesetzten und berichteten von dem Messerangriff und der Verhaftung. Der Chef rieb sich die Hände: »Ausgezeichnete Arbeit, Frau Sander und Herr Moll! Die Tochter wollte mit aller Gewalt verhindern, dass die Ehe ihrer Eltern wegen der Geliebten in die Binsen geht. Ein Mordmotiv wie aus dem Lehrbuch. Ich hoffe, dass Sie ihr ein Geständnis entlocken können. Falls nicht, sollten in diesem Fall die Indizien für eine Verurteilung ausreichen.«

»Es wäre hilfreich, wenn wir die Tatwaffe finden könnten«, gab Mona zu bedenken. »Aus einer der sichergestellten Pistolen des Vaters wurde das Opfer jedenfalls nicht erschossen.«

»Haben Sie das Ferienhaus der Richters denn schon durchsucht?«, fragte Oltbeck.

»Bisher gab es dafür noch keine Handhabe«, wandte Enno ein.

»Das dürfte sich nach dem Angriff auf Alina Brunner ja geändert haben, nicht wahr? Ich werde umgehend einen Durchsuchungsbeschluss bei der Staatsanwaltschaft beantragen. Wir müssen damit rechnen, dass die Eltern die Waffe verschwinden lassen!«

Das bezweifelte Mona, weil sie nämlich Lara nicht für die Mörderin hielt. Aber sie war ausnahmsweise diplomatisch genug, um ihren Schnabel zu halten.

»Bis wir das Dokument vorliegen haben, werden wir Alina Brunner im Krankenhaus besuchen«, sagte sie.

»Das ist eine gute Idee, Frau Sander«, gab Oltbeck gönnerhaft zurück. »Und wann können Sie die Mordverdächtige verhören?«

»Sobald ihr Anwalt eingetrudelt ist«, erwiderte die Kommissarin.

Der Chef griff zum Telefonhörer, um den Durchsuchungsbeschluss in die Wege zu leiten – ein Zeichen für seine Mitarbeiter, dass die Besprechung schon wieder vorbei war.

»Ich weiß nicht, ob wir uns zu sehr auf diese kurzhaarige Blonde konzentrieren«, befürchtete Mona, als sie und ihr Kollege sich gleich darauf Richtung Stadtkrankenhaus bewegten. »Außer Lauer scheint sie bisher niemand gesehen zu haben. Und ob wir der Wahrheitsliebe dieses Typen trauen können – das sehe ich noch nicht.«

Es versprach wieder ein warmer Sommertag zu werden. Mona wurde einsilbig; sie versuchte, sich in die Mörderin hineinzuversetzen. Wenn die Täterin es wirklich nur auf die Tätowiererin abgesehen hatte – warum sollte sie länger als absolut nötig auf

Borkum verweilen? Sie hätte schon am Vortag per Fähre, Katamaran oder Flugzeug verschwinden können. Sicher, es gab nicht allzu viele Frauen, die eins achtzig groß waren. Es kam der Kommissarin so vor, als ob die Ermittlungen wieder ganz am Anfang stehen würden. Wenigstens hatte Dr. Siemers eine gute Nachricht für die Kriminalisten.

»Es gab bei der Patientin keine Komplikationen, die Fleischwunde habe ich genäht«, berichtete er. »Sie hat ein leichtes Beruhigungsmittel bekommen und kann heute entlassen werden.«

»Dann können wir also mit ihr sprechen?«

»Ja, Frau Sander. Aber versuchen Sie bitte, die Frau nicht allzu sehr aufzuregen.«

Mona versprach, Alina Brunner mit Samthandschuhen anzufassen. Eine Krankenschwester brachte die Ermittler zu dem Zimmer, in dem die Patientin lag. Sie lächelte, als sie die Polizisten erkannte: »Jetzt kann ich Ihnen endlich danken! Ich wäre in diesem Gehölz wahrscheinlich verblutet, wenn Sie nicht so schnell eingegriffen hätten.«

Dafür war die Wunde nicht tief genug gewesen, aber darum ging es jetzt nicht. Mona erwiderte: »Wir haben getan, was nötig war, und wollen Sie heute auch nicht lange stören. – Wie kam es zu der Situation, in der wir Sie gestern bei der Greunen Stee gefunden haben?«

»Das wüsste ich selbst gern«, antwortete die Verletzte und fuhr fort: »Ich entspannte mich weiterhin im *Strand 5* und habe einfach nur die Seele baumeln lassen. Plötzlich tauchte dieses Mädel auf. Ich erschrak, weil ich Lara erkannte. Ich habe sie mal auf einem von Daniels Familienfotos gesehen und sofort wiedererkannt. Am liebsten wäre ich abgehauen. Aber da hatte sie schon meinen Tisch erreicht und mich umarmt. Dagegen konnte ich mich gar nicht wehren. Sie flüsterte mir ins Ohr: ›Wir gehen hier ganz ruhig raus, wie zwei gute Freundinnen. Wenn du nicht spurst, liegst du gleich in deinem Blut.‹ Sie hatte ein Messer in der Hand, drückte die Spitze leicht in meine Haut. Es war schmerzhaft, blutete aber nicht. Wahrscheinlich konnten die anderen Gäste es nicht sehen, jedenfalls griff niemand ein. Ich wusste nicht, was ich tun sollte. Also gehorchte ich.«

»Was passierte als Nächstes?«, wollte Enno wissen.

»Wir verließen zusammen das Lokal. Lara lotste mich in dieses Gehölz, wo Sie mich gefunden haben. Dort beschimpfte sie mich als Luder – und Schlimmeres. Sie verlangte von mir, dass ich Daniel anrufen und mit ihm Schluss machen sollte. ›Du wirst unsere Familie nicht zerstören‹, sagte sie zu mir. Ich erklärte mich zum Schein einverstanden und rief eine Nummer an, die mein Freund schon vor Monaten gekündigt hatte.«

»Und Sie glaubten, es würde der Täterin nicht auffallen, dass Sie gar nicht ihren Vater an den Apparat bekamen?«, hakte Mona nach.

Alina Brunner zuckte mit den Schultern: »Es war eine blöde Idee, das ist mir jetzt auch bewusst. Aber gestern konnte ich in dem Moment nicht klar denken, weil sie mich ständig mit ihrem Messer bedrohte. Ich war in Panik, verstehen Sie? Es gab so eine Art Blockade in meinem Kopf. Jedenfalls schlug sie mir das Smartphone aus der Hand und schrie, dass sie sich nicht veräppeln lassen würde. Trotz meiner Angst begann ich mich zu wehren. Wir rangen miteinander. Und plötzlich spürte ich einen heißen Schmerz an meiner Flanke. So, als ob jemand ein glühendes Eisen über meine Haut gezogen hätte. Dann floss Blut – mein Blut. Ich stolperte, fiel hin. Ich fürchtete, Lara würde mich jetzt töten. Ich war jedenfalls wehrlos. Stattdessen rannte sie weg. Und wenig später waren Sie dann bei mir.«

Alina Brunners Aussage deutete darauf hin, dass ihr die Verletzung eher versehentlich zugefügt worden war – was zu Lara Richters Gemütszustand passen würde, als sie von der Kommissarin gestellt worden war. Für die Bedrohung und Freiheitsberaubung musste sie natürlich trotzdem die Verantwortung übernehmen. Aber es konnte vor Gericht einen großen Unterschied machen, ob jemand das Messer mit voller Absicht eingesetzt hatte oder nicht.

»Wenn Sie sich gut genug fühlen, dann kommen Sie bitte zur Wache, damit wir Ihre Aussage schriftlich aufnehmen können«, sagte Mona zum Abschied. »Jetzt wünschen wir Ihnen erst einmal gute Besserung.«

Die Kommissare verließen das Krankenhaus. Bevor sie ihren Gedankenaustausch wieder aufnehmen konnten, klingelte Ennos

Handy. Das Gespräch dauerte nur kurz: »Ja, ich verstehe, Herr Oltbeck. Wir machen uns sofort auf den Weg.«

Er steckte das Telefon wieder in die Tasche.

»Ist die Hausdurchsuchung jetzt von der Staatsanwaltschaft abgesegnet?«

»Genau, Mona. Der Chef will, dass wir umgehend bei den Richters auf der Fußmatte stehen.«

Die Kriminalistin zuckte mit den Schultern: »Meinetwegen können wir dort das Unterste zuoberst kehren. Ich glaube zwar nicht, dass wir etwas Verdächtiges finden – aber darüber will ich mit Oltbeck nicht diskutieren.«

Sie kehrten zunächst zur Polizeistation zurück, weil das offizielle Dokument dorthin gefaxt worden war.

»Ob ich es wohl vor meiner Pensionierung noch erleben werde, dass diese Technologie eingemottet wird?«, spottete Mona.

»Ja, der technische Fortschritt lässt bei den Behörden zu wünschen übrig«, gab Enno lächelnd zurück, »aber immerhin kommen ja keine Morsegeräte mehr zum Einsatz.«

»Oder Brieftauben«, scherzte sie. Doch als die Ermittler wenig später die Strandstraße erreichten, waren sie wieder ganz bei ihrem Mordfall. Die uniformierten Kollegen Aiske Berend und Claas Lammer wollten nämlich soeben eine mit Handschellen gefesselte Frau in die Dienststelle schaffen. Mona kniff die Augen zusammen. Die Frau war schätzungsweise eins achtzig groß und trug ihr blondes Haar kurzgeschnitten.

»Moin, was wird der Dame denn vorgeworfen?«, fragte die Kommissarin.

»Sie ist eingebrochen und hat sich dann der Festnahme widersetzt«, antwortete Aiske.

»Fand die Tat in einem Ferienhaus in der Sophienstraße statt?«, hakte Mona nach.

»Ja – woher weißt du das?!«, erwiderte die Polizeimeisterin erstaunt.

Kapitel 14

»Darüber unterhalten wir uns später«, sagte die Kommissarin augenzwinkernd. »Ihr werdet die Verdächtige ja erst erkennungsdienstlich behandeln, und wir müssen auch noch etwas erledigen.«

Nachdem Enno den Durchsuchungsbeschluss geholt hatte, fuhren er und seine Kollegin zur Sophienstraße.

»So, wie ich dich kenne, hast du jetzt eine genaue Vorstellung vom Tathergang«, vermutete er.

»Ja, bis auf ein paar Kleinigkeiten«, gab Mona zurück. »Jetzt müssen wir nur noch sehen, ob meine Überlegungen mit der Realität übereinstimmen.«

Als die Ermittler das Ferienhaus erreichten, fanden sie das Ehepaar Richter in heller Aufregung vor.

»Ihre Kollegen haben uns gerade mitgeteilt, dass bei uns eingebrochen wurde«, sagte der Jurist, »aber wir haben davon gar nichts bemerkt.«

»Wir müssen uns ohnehin im Haus umsehen«, erklärte der Oberkommissar und zeigte den Durchsuchungsbeschluss.

Dr. Richter runzelte die Stirn, während er das Dokument eingehend studierte: »Es geht um die Anschuldigungen gegen unsere Tochter, nicht wahr? Ich möchte mich dazu nicht äußern, ein auf Strafrecht spezialisierter Freund ist bereits auf dem Weg hierher und wird wahrscheinlich am Nachmittag auf Borkum eintreffen.«

»Schön, dann lassen Sie uns jetzt einfach unsere Arbeit machen«, gab Mona zurück, während sie und Enno sich Latexhandschuhe überzogen. Dr. Richter warf ihr einen missmutigen Blick zu. Es dauerte nicht lange, bis der Oberkommissar etwas entdeckt hatte.

»Die Einbrecherin wird durch das Fenster im Hauswirtschaftsraum eingedrungen sein«, vermutete er, »es ist nur angelehnt. Die Täterin hat ein Spezialwerkzeug benutzt, der Fensterrahmen ist unbeschädigt. Sie wären wahrscheinlich nicht darauf gekommen, dass sich eine unbefugte Person im Haus aufhält.«

»Wonach kann diese Frau denn nur gesucht haben?«, rätselte Ulrike Richter.

»Zeigen Sie mir Laras Zimmer«, forderte Mona. Die Ehefrau warf ihrem Gatten einen fragenden Blick zu. Er nickte.

»Dürfen Sie auch etwas eigenständig entscheiden?«, fragte die Kommissarin betont unschuldig.

Der Jurist öffnete den Mund, vermutlich für eine scharfe Entgegnung. Aber Enno glättete die Wogen: »Es wäre sehr hilfreich, wenn wir uns den Raum genauer anschauen könnten.«

Daraufhin führte Ulrike Richter die Kriminalisten zu einem Zimmer im ersten Stockwerk. Man musste kein Meisterdetektiv sein, um zu erkennen, dass hier eine junge Frau lebte. Die Textilien passten nicht zum Stil, in dem Laras Mutter sich kleidete. Außerdem konnte man davon ausgehen, dass die Eheleute ein Doppelbett in ihrem Schlafzimmer hatten, während es sich hier um ein schmaleres Bett handelte. Mona begann mit der Durchsuchung und wurde schon nach wenigen Minuten fündig. Sie griff in einen Wäschepuff und zog zwischen benutzten T-Shirts und Slips eine Pistole mit Schalldämpfer hervor. Die Richters waren an der Zimmertür stehen geblieben und wirkten beide überrascht.

»Diese Waffe habe ich noch nie gesehen!«, beteuerte der Jurist.

»Ich auch nicht«, bekräftigte seine Frau.

»Ja, ich glaube Ihnen«, stellte Mona klar und fügte hinzu: »Wir haben hier den seltenen Fall, dass eine Einbrecherin nichts wegnimmt, sondern bewusst platziert.«

»Aber warum hat sie das getan?«, fragte Ulrike Richter verständnislos.

»Diese Frau ist vermutlich die Mörderin von Luisa Stroth und wollte die Tat Ihrer Tochter anhängen«, erklärte Enno.

*

Die Ermittler beendeten die Hausdurchsuchung vorzeitig, denn sie hofften nicht auf weitere Beweisstücke. Der Overall und die Maske wurden ja bereits im kriminaltechnischen Institut Oldenburg untersucht.

»Wenn du mit deinen Vermutungen richtigliegst, dann hat die Täterin Zugriff auf einen Pkw«, meinte Enno auf dem Rückweg zur Wache.

»Ja, sobald wir ihren Namen kennen, können wir eine Fahndung nach dem Fahrzeug veranlassen«, erwiderte sie.

Während die Kommissare in der Sophienstraße gewesen waren, hatten ihre uniformierten Kollegen auch einiges herausgefunden. Die Verdächtige hieß Doreen Penning und wohnte in Emden. Auf sie war ein älterer VW Passat mit Emder Nummernschildern zugelassen. Mona ließ sofort nach dem Auto suchen. Auf den ersten Blick war ihr nicht klar, worin die Verbindung zwischen der mutmaßlichen Täterin und dem Opfer bestand. Das änderte sich allerdings, als die Kriminalisten sich die Daten der Frau genauer anschauten.

»Doreen Pennings Mädchenname lautet Franke«, sagte Enno nach einem Telefonat mit dem Emder Einwohnermeldeamt.

»Franke? Hieß so nicht der im Hafenbecken ertrunkene Mann, den Luisa auch erpresst haben soll?«

»Richtig, Mona. Es dürfte sich um ihren Bruder gehandelt haben. Die Kollegen sind damals nicht tätig geworden, weil es keine Hinweise auf eine Straftat gab – abgesehen davon, dass der Lkw-Fahrer sich betrunken hinter das Lenkrad gesetzt hat.«

»Franke könnte sich seiner Schwester anvertraut haben, bevor er starb«, vermutete Mona, »aber das war nur Hörensagen. Sie konnte sich ausrechnen, dass Luisa einfach nur alles leugnen musste, um straffrei davonzukommen. Also beschloss sie, das Recht in die eigene Hand zu nehmen.«

Die Kommissare tranken etliche Tassen Tee, während sie in ihrem Büro die bisherigen Erkenntnisse zusammentrugen. Grietje kam erneut hereingestürmt: »Habt ihr noch keine Mittagspause gemacht? Seid ihr krank? – Wie auch immer: Das gesuchte Fahrzeug steht auf dem Parkplatz Am langen Wasser.«

Das war einer der größten Parkplätze auf der Insel; er wurde gern von Urlaubern genutzt, die ihr Auto während ihres Borkum-Aufenthalts hier lassen mussten, weil es bei ihrer Unterkunft keine Abstellmöglichkeit für den fahrbaren Untersatz gab. Von der Wache aus konnte man das Areal schnell erreichen. Bei Doreen Pennings Verhaftung hatten die Polizisten nicht nur ihr Handy und den übrigen Inhalt ihrer Taschen, sondern auch ihre Autoschlüssel beschlagnahmt. Daher war es kein Problem, den

Kombi zu öffnen. Enno machte gleich im Handschuhfach eine Entdeckung. Er hielt eine Schachtel Munition hoch: »Wetten, dass die Patronen für die Mordwaffe passen?«

»Ja – genau wie für jede andere Pistole dieses Kalibers«, schränkte Mona ein, »trotzdem wird es für die Dame immer enger. – Ich habe auch etwas gefunden.«

Auf dem Rücksitz war unter einer Decke eine Kamera mit Teleobjektiv versteckt gewesen. Mona griff auf die gespeicherten Aufnahmen zu und pfiff durch die Zähne: »Das musst du dir anschauen!«

Es gab zahlreiche Fotos vom Frisörladen, vom Ferienhaus, von der *Pension Andersen*, von Luisa, von Dr. Richter, von Alina Brunner, von Lara – sogar von den Absperrungen am Tatort sowie von den Ermittlern selbst.

»Bin ich wirklich so dick?«, wollte Enno wissen.

»Das ist nur eine ungünstige Perspektive«, behauptete Mona augenzwinkernd. »Lass uns zur Dienststelle zurückkehren. Ich weiß nicht, ob Doreen Penning ebenfalls einen Anwalt verlangt – aber falls nicht, dann habe ich dringenden Gesprächsbedarf!«

*

Die Verdächtige war bei ihrer Verhaftung bereits über ihre Rechte belehrt worden. Als sie eine Stunde später den Kommissaren im Verhörraum gegenübersaß, wirkte sie gefasst. Die Kommissare stellten sich ihr mit Namen und Dienstgrad vor, was sie regungslos zur Kenntnis nahm. Sie lächelte erst, als Enno die Tatwaffe und die Spiegelreflexkamera auf die Tischplatte legte: »Ich hätte mir denken können, dass mein kleines Täuschungsmanöver scheitern würde.«

»Immerhin haben Sie uns die Arbeit erleichtert, indem Sie Lara Richter die Mordwaffe unterschieben wollten«, stellte Mona fest. »Wenn Sie die Pistole in die Nordsee geworfen hätten, wären Sie vielleicht noch ein wenig länger in Freiheit geblieben.«

»Immerhin habe ich die miese Erpresserin erledigen können!«, stieß Doreen Penning hasserfüllt hervor. »Sie kann niemanden mehr ins Unglück stürzen!«

»Wie fanden Sie heraus, dass Luisa Stroth es auf Schweigegeld abgesehen hatte?«, wollte Enno wissen.

Die Verdächtige begann zu schwitzen, obwohl es in dem Verhörraum kühler war als draußen auf der Strandstraße. Vermutlich war ihre Transpiration der Erinnerung an schlimme Zeiten geschuldet. »Hajo – mein Bruder – war mit den Nerven am Ende, als er mir davon erzählte. Ich flehte ihn an, zur Polizei zu gehen. Er behauptete, es tun zu wollen. Aber ob er es getan hätte? Ich weiß es nicht. Diese falsche Schlange muss ihm den Kopf verdreht haben. An dem Tag, als er … starb, stand er völlig neben sich. Das habe ich von seinen Arbeitskollegen gehört. Was für ein idiotischer Zufall, dass er diesem Besoffenen begegnen musste. Und was für ein elender Tod! Zunächst dachte ich, dass der Trucker mit der Erpresserin unter einer Decke stecken würde. Aber das hätte keinen Sinn ergeben – eine Kuh, die man melken will, schlachtet man nicht!«

»Ich glaube, Sie könnten ein Glas Mineralwasser vertragen.«

Mit diesen Worten stand der Oberkommissar auf und holte ihr eins. Doreen Penning warf ihm einen dankbaren Blick zu und trank gierig.

»Ihr Bruder verriet Ihnen also, wer ihn hatte erpressen wollen?«

»Ja – und in meinen Augen war Luisa Stroth schuldiger als der Lkw-Fahrer, Frau Sander! Der Kerl wusste nicht mehr, was er tat, während sie bewusst das Leben anderer Menschen zerstörte. Mein Bruder war nämlich ein sehr umsichtiger Fahrer. Wenn er nicht so neben der Spur gewesen wäre, hätte er dem Lastwagen ausweichen können.«

Es war deutlich geworden, dass Doreen Penning Luisa für den Tod ihres Bruders verantwortlich machte, obwohl die Tätowiererin nichts damit zu tun hatte. Rache war ein starkes Mordmotiv, das hatte Mona schon öfter erlebt. Sie fragte: »Weiß Ihr Ehemann, dass Sie momentan auf Borkum sind und was Sie hier vorhatten?«

Die Mörderin schnaubte verächtlich durch die Nase: »Das glaube ich nicht. Nils hat nicht verstanden, dass Hajos Tod mich so aus der Bahn geworfen hat. Wir leben seit einigen Monaten voneinander getrennt.«

»Woher hatten Sie die Pistole?«, wollte Enno wissen.

»Aus dem *Darknet*.«

»Erzählen Sie uns, wie Sie die Tat geplant und durchgeführt haben«, forderte die Kommissarin.

»Ich wollte nichts dem Zufall überlassen«, erklärte Doreen Penning bereitwillig, »also musste ich erst einmal herausfinden, was Luisa hier auf der Insel so trieb. Mir wurde schnell klar, dass sie weiterhin in den Geheimnissen anderer Menschen herumschnüffelte. Allerdings konnte sie nicht wissen, dass sie in meinen Fokus geraten war.«

»Sie sind nicht die Einzige, die es auf Luisa Stroth abgesehen hatte«, gab der Oberkommissar zu bedenken.

Dieser Satz schien die Täterin zu amüsieren: »Sprechen Sie von diesem Hänfling, der eine Zeitlang um den Frisörladen herumgeschlichen ist, Herr Moll? Der sah doch völlig harmlos aus – ich glaube nicht, dass er Luisa auch nur ein Haar hätte krümmen können.«

»Kommen wir auf den Tattag zurück«, forderte Mona.

»Ich hatte mein Auto schräg gegenüber vom Frisörsalon geparkt und schon eine Zeitlang beobachtet. Deshalb ist mir auch nicht entgangen, dass Sie erschienen, Frau Sander. Natürlich konnte ich nicht wissen, dass Sie eine Polizistin sind. Wenn ich die Information gehabt hätte, wäre mein Vorhaben vielleicht verschoben worden. So aber hatte ich gerade angerufen und eine Todesdrohung ausgesprochen, als Sie hereinschneiten.«

Das war also der Anruf gewesen, der Luisa so geängstigt hatte.

»Warum haben Sie das getan, um Himmels willen?«, stieß die Kommissarin hervor. »Hatten Sie keine Bedenken, dass Ihr zukünftiges Opfer die Polizei verständigen würde?«

Die Mörderin grinste frech: »Nee, ganz bestimmt nicht. Dann hätte sie ja erklären müssen, warum sie in Gefahr ist. – Ich habe es getan, damit sie ein paar Minuten lang leiden muss, bevor ich sie erledige. Nachdem Sie im Behandlungsraum verschwunden waren und die alte Frau mit ihrer Dauerwelle weggegangen ist, kam mein Moment. Ich hatte schon den Overall und die Handschuhe angelegt. Das Risiko bestand natürlich darin, möglichst ungesehen den Frisörsalon zu betreten. Ich streifte mir die Maske erst über, kurz bevor ich eintrat. Dann hielt ich Fleur Doorn den

Zettel vor die Nase. Ich durfte natürlich nichts sagen – die Gefahr, dass Luisa meine Stimme wiedererkennen würde, war zu groß. Zum Glück rutschte der Frisörin das Herz in die Hose und sie handelte genauso, wie ich es mir erhofft hatte. Also konnte ich sie getrost in die Toilette sperren. Als Luisa dann erschien, ging es ganz schnell. Sie musste nicht lange leiden.«

Die Selbstgefälligkeit der Mörderin ging Mona auf den Wecker. Sie sagte: »Sterbend hat Ihr Opfer noch versucht, Ihren Namen preiszugeben. Sie konnte allerdings nur den Buchstaben D aussprechen.«

Doreen Penning zuckte mit den Schultern: »Vielleicht hat sie sich zusammengereimt, dass ich sie ins Jenseits befördert habe. Oder Hajo hat ihr mal erzählt, wie eng das Verhältnis zwischen meinem Bruder und mir war.«

Dieser Punkt würde sich vielleicht niemals vollständig klären lassen, aber die Kommissarin wollte noch etwas anderes wissen: »Und warum wollten Sie die Tat Lara Richter anhängen?«

»Ich bin ja noch auf der Insel geblieben, um Ihre Ermittlungen zu verfolgen«, gab die Täterin bereitwillig zu, »und es war beruhigend, dass Sie nicht auf mich gekommen sind. Als ich dann aus sicherer Entfernung mitbekam, wie Dr. Richters Tochter seine Geliebte verschleppte und kurz darauf von Ihnen verhaftet wurde, war das für mich eine Steilvorlage. Was lag näher, als der Kleinen die Pistole unterzuschieben? Dass Ihre Kollegen mich erwischt haben, als ich das Ferienhaus wieder verließ, war sozusagen Künstlerpech.«

»Wenn Verbrecher zu perfekt sein wollen, stellen sie sich oft selbst ein Bein«, meinte Mona. »Wir haben für den Moment genug gehört; Sie werden morgen auf das Festland gebracht, wo ein Richter über die Verhängung von Untersuchungshaft entscheidet. Bis dahin werde ich auch Ihr Geständnis protokolliert haben, sodass Sie es unterschreiben können.«

Enno brachte die Mörderin zurück in die Arrestzelle. Er ließ Mona nachdenklich zurück. Es wurmte sie immer noch, dass Lauer straffrei ausgehen würde, obwohl er der Tätowiererin nachgestellt hatte. Aber da sie ihn nicht angezeigt hatte, waren den

Beamten die Hände gebunden. Ob Luisa wirklich nur zur Erpresserin geworden war, um sich endgültig von ihm lösen zu können? Die Antwort auf diese Frage hatte sie leider mit ins Grab genommen. Luisa war ein Mensch voller Widersprüche gewesen. Wenigstens hatten die Kriminalisten die Täterin schnell dingfest machen können.

»Wollen wir jetzt endlich Mittagspause machen?«, fragte der Oberkommissar hoffnungsvoll, als er zu Mona in den Verhörraum zurückkehrte.

An ihrer Stelle antwortete Grietje, die im selben Moment ebenfalls aufgetaucht war: »Vergesst es! Lara Richters Anwalt ist inzwischen erschienen und hat sich mit seiner Mandantin beraten. Das nächste Verhör wartet schon auf euch.«

»Mir bleibt auch nichts erspart«, seufzte Enno. Mona schloss ihn freundschaftlich in die Arme:

»Nimm es nicht so schwer – immerhin müssen wir der jungen Dame keinen Mord mehr nachweisen – und den Messerangriff kann selbst der cleverste Strafverteidiger nicht wegdiskutieren!«

Daraufhin brachen die Kommissare in ein befreiendes Lachen aus.

ENDE

Ostfrieslandkrimi-Empfehlungen
des Klarant Verlages

Lernen Sie die Ostfrieslandkrimi-Serie **»Mona Sander und Enno Moll ermitteln«** von **Sina Jorritsma** kennen:

Friesische Inselidylle? Von wegen! Auf der ostfriesischen Insel Borkum lösen Kommissarin Mona Sander und ihr Kollege Enno Moll knifflige Mordfälle. Die emotionale Kommissarin geht bei der Verbrecherjagd gerne ihren eigenen Weg und scheut dabei kein Risiko … Bei der Krimireihe der Autorin Sina Jorritsma ist Hochspannung garantiert!

In der Serie sind bereits folgende Ostfrieslandkrimis erschienen:
»Friesenbraut«, Band 1
Taschenbuch-ISBN: 978-3-95573-557-9
eBook-ISBN: 978-3-95573-556-2

»Friesenkreuz«, Band 2
Taschenbuch-ISBN: 978-3-95573-552-4
eBook-ISBN: 978-3-95573-600-2

»Friesenlauf«, Band 3
Taschenbuch-ISBN: 978-3-95573-553-1
eBook-ISBN: 978-3-95573-618-7

»Friesenflirt«, Band 4
Taschenbuch-ISBN: 978-3-95573-542-5
eBook-ISBN: 978-3-95573-541-8

»Friesenwahn«, Band 5
Taschenbuch-ISBN: 978-3-95573-622-4
eBook-ISBN: 978-3-95573-623-1

»Friesenstalker«, Band 6
Taschenbuch-ISBN: 978-3-95573-688-0
eBook-ISBN: 978-3-95573-701-6

»Friesenjuwel«, Band 7
Taschenbuch-ISBN: 978-3-95573-764-1
eBook-ISBN: 978-3-95573-765-8

»Friesenwrack«, Band 8
Taschenbuch-ISBN: 978-3-95573-796-2
eBook-ISBN: 978-3-95573-797-9

»Friesenbarbier«, Band 9
Taschenbuch-ISBN: 978-3-95573-833-4
eBook-ISBN: 978-3-95573-832-7

»Friesenstrand«, Band 10
Taschenbuch-ISBN: 978-3-95573-875-4
eBook-ISBN: 978-3-95573-876-1

»Friesenlist«, Band 11
Taschenbuch-ISBN: 978-3-95573-934-8
eBook-ISBN: 978-3-95573-935-5

»Friesenblues«, Band 12
Taschenbuch-ISBN: 978-3-95573-954-6
eBook-ISBN: 978-3-95573-955-3

»Friesenanker«, Band 13
Taschenbuch-ISBN: 978-3-96586-009-4
eBook-ISBN: 978-3-96586-010-0

»Friesenkoch«, Band 14
Taschenbuch-ISBN: 978-3-96586-105-3
eBook-ISBN: 978-3-96586-106-0

»Friesenwürger«, Band 15
Taschenbuch-ISBN: 978-3-96586-146-6
eBook-ISBN: 978-3-96586-145-9

»Friesentango«, Band 16
Taschenbuch-ISBN: 978-3-96586-164-0
eBook-ISBN: 978-3-96586-172-5

»Friesenbrauer«, Band 17
Taschenbuch-ISBN: 978-3-96586-201-2
eBook-ISBN: 978-3-96586-202-9

»Friesendiebin«, Band 18
Taschenbuch-ISBN: 978-3-96586-276-0
eBook-ISBN: 978-3-96586-277-7

»Friesenpoker«, Band 19
Taschenbuch-ISBN: 978-3-96586-321-7
eBook-ISBN: 978-3-96586-322-4

»Friesenleiche«, Band 20
Taschenbuch-ISBN: 978-3-96586-355-2
eBook-ISBN: 978-3-96586-356-9

»Friesentrick«, Band 21
Taschenbuch-ISBN: 978-3-96586-408-5
eBook-ISBN: 978-3-96586-409-2

»Friesenschatz«, Band 22
Taschenbuch-ISBN: 978-3-96586-450-4
eBook-ISBN: 978-3-96586-451-1

»Friesenmagier«, Band 23
Taschenbuch-ISBN: 978-3-96586-485-6
eBook-ISBN: 978-3-96586-486-3

»Friesenruine«, Band 24
Taschenbuch-ISBN: 978-3-96586-513-6
eBook-ISBN: 978-3-96586-514-3

»Friesenraub«, Band 25
Taschenbuch-ISBN: 978-3-96586-549-5
eBook-ISBN: 978-3-96586-550-1

»Friesenrichter«, Band 26
Taschenbuch-ISBN: 978-3-96586-560-0
eBook-ISBN: 978-3-96586-561-7

»Friesenhummer«, Band 27
Taschenbuch-ISBN: 978-3-96586-614-0
eBook-ISBN: 978-3-96586-615-7

»Friesenkugel«, Band 28
Taschenbuch-ISBN: 978-3-96586-627-0
eBook-ISBN: 978-3-96586-628-7

»Friesendolch«, Band 29
Taschenbuch-ISBN: 978-3-96586-649-2
eBook-ISBN: 978-3-96586-650-8

»Friesengeiz«, Band 30
Taschenbuch-ISBN: 978-3-96586-667-6
eBook-ISBN: 978-3-96586-668-3

»Friesendiva«, Band 31
Taschenbuch-ISBN: 978-3-96586-689-8
eBook-ISBN: 978-3-96586-690-4

»Friesenteich«, Band 32
Taschenbuch-ISBN: 978-3-96586-700-0
eBook-ISBN: 978-3-96586-701-7

»Friesensilber«, Band 33
Taschenbuch-ISBN: 978-3-96586-707-9
eBook-ISBN: 978-3-96586-708-6

»Friesenfisch«, Band 34
Taschenbuch-ISBN: 978-3-96586-742-0
eBook-ISBN: 978-3-96586-743-7

»Friesenduell«, Band 35
Taschenbuch-ISBN: 978-3-96586-764-2
eBook-ISBN: 978-3-96586-765-9

»Friesenwürfel«, Band 36
Taschenbuch-ISBN: 978-3-96586-795-6
eBook-ISBN: 978-3-96586-796-3

»Friesenradio«, Band 37
Taschenbuch-ISBN: 978-3-96586-831-1
eBook-ISBN: 978-3-96586-832-8

»Friesenartist«, Band 38
Taschenbuch-ISBN: 978-3-96586-847-2
eBook-ISBN: 978-3-96586-848-9

»Friesenpolizistin«, Band 39
Taschenbuch-ISBN: 978-3-96586-853-3
eBook-ISBN: 978-3-96586-854-0

»Friesenspur«, Band 40
Taschenbuch-ISBN: 978-3-96586-879-3
eBook-ISBN: 978-3-96586-880-9

»Friesenboot«, Band 41
Taschenbuch-ISBN: 978-3-96586-871-7
eBook-ISBN: 978-3-96586-872-4

Friesenerpresser«, Band 42
Taschenbuch-ISBN: 978-3-96586-906-6
eBook-ISBN: 978-3-96586-907-3

Friesenvilla«, Band 43
Taschenbuch-ISBN: 978-3-96586-934-9
eBook-ISBN: 978-3-96586-935-6

Friesenmuschel«, Band 44
Taschenbuch-ISBN: 978-3-96586-968-4
eBook-ISBN: 978-3-96586-969-1

Friesenturm«, Band 45
Taschenbuch-ISBN: 978-3-68975-006-0
eBook-ISBN: 978-3-68975-007-7

Friesensegler«, Band 46
Taschenbuch-ISBN: 978-3-68975-030-5
eBook-ISBN: 978-3-68975-031-2

Friesenjungfer«, Band 47
Taschenbuch-ISBN: 978-3-68975-045-9
eBook-ISBN: 978-3-68975-046-6

Friesengarn«, Band 48
Taschenbuch-ISBN: 978-3-68975-073-2
eBook-ISBN: 978-3-68975-074-9

Friesenklasse«, Band 49
Taschenbuch-ISBN: 978-3-68975-092-3
eBook-ISBN: 978-3-68975-093-0

Friesenvogel«, Band 50
Taschenbuch-ISBN: 978-3-68975-108-1
eBook-ISBN: 978-3-68975-109-8

Friesenbäcker«, Band 51
Taschenbuch-ISBN: 978-3-68975-150-0
eBook-ISBN: 978-3-68975-151-7

Friesenwald«, Band 52
Taschenbuch-ISBN: 978-3-68975-191-3
eBook-ISBN: 978-3-68975-192-0

Friesentinte«, Band 53
Taschenbuch-ISBN: 978-3-68975-239-2
eBook-ISBN: 978-3-68975-240-8

Klarant Verlag

Lernen Sie die Ostfrieslandkrimi-Titel des Klarant Verlages kennen und besuchen Sie uns im Internet unter:

www.ostfrieslandkrimi.de

und

www.klarant.de

Sie können dort Näheres über unsere Autoren erfahren, viele weitere interessante Bücher und eBooks finden und Leseproben herunterladen. Mit dem kostenlosen Newsletter auf

www.ostfrieslandkrimi-lesen.de

erhalten Sie aktuelle Informationen rund um das Verlagsprogramm, wie beispielsweise spannende Neuerscheinungen und Gewinnspiele.

Wir freuen uns sehr, wenn Sie Teil unserer ***Ostfrieslandkrimi-Freunde-Facebook-Gruppe*** werden:

www.facebook.com/groups/ostfrieslandkrimifreunde